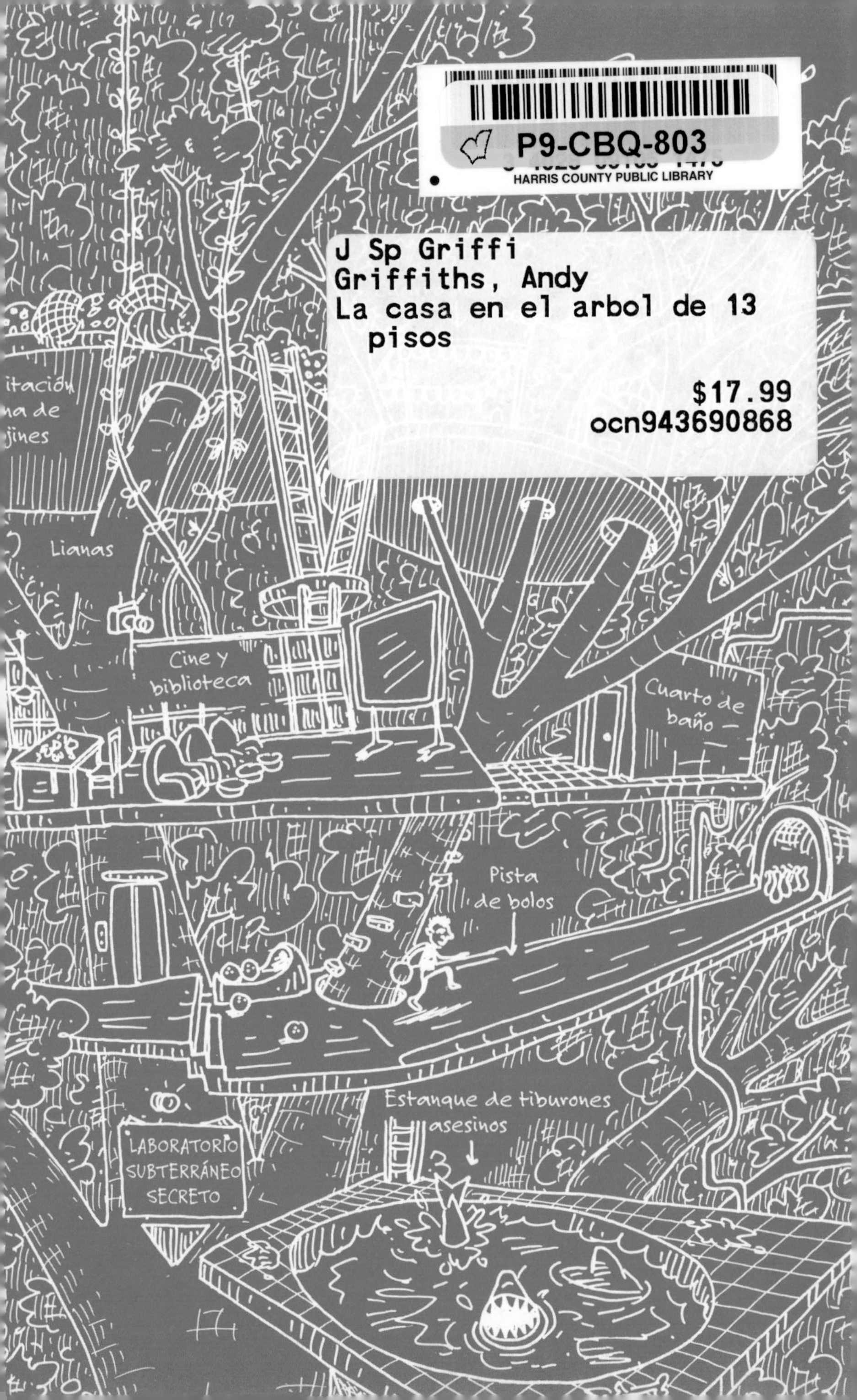
Lianas
Cine y biblioteca
Cuarto de baño
Pista de bolos
Estanque de tiburones asesinos
LABORATORIO SUBTERRÁNEO SECRETO

LA CASA EN EL ÁRBOL

de 13 pisos

Andy Griffiths

Ilustraciones de Terry Denton

Traducción de Rita da Costa

RBA

Título original inglés: *The 13-Story Treehouse.*

Avda. Diagonal, 189 08018 Barcelona.
rbalibros.com

Adaptación de la cubierta: Compañía.

Primera edición: mayo de 2015.
Segunda edición: octubre de 2015.

RBA MOLINO
REF.: MONL239
ISBN: 978-84-272-0849-0
DEPÓSITO LEGAL: B. 8.103-2015

FOTOCOMPOSICIÓN: ĀTONA VÍCTOR IGUAL, S. L.

Impreso en España-Printed in Spain

SUMARIO

CAPÍTULO 1

LA CASA EN EL ÁRBOL DE 13 PISOS

Hola, me llamo Andy.

Este de aquí es mi amigo Terry.

Vivimos juntos en un árbol.

Bueno, cuando digo «un árbol» me refiero a una casa en el árbol. Y cuando digo «una casa en el árbol» no me refiero a la típica casucha hecha con cuatro tablones, ¡sino a una casa en el árbol de 13 pisos!

Así que, ¿a qué esperas?
¡Vamos, sube!

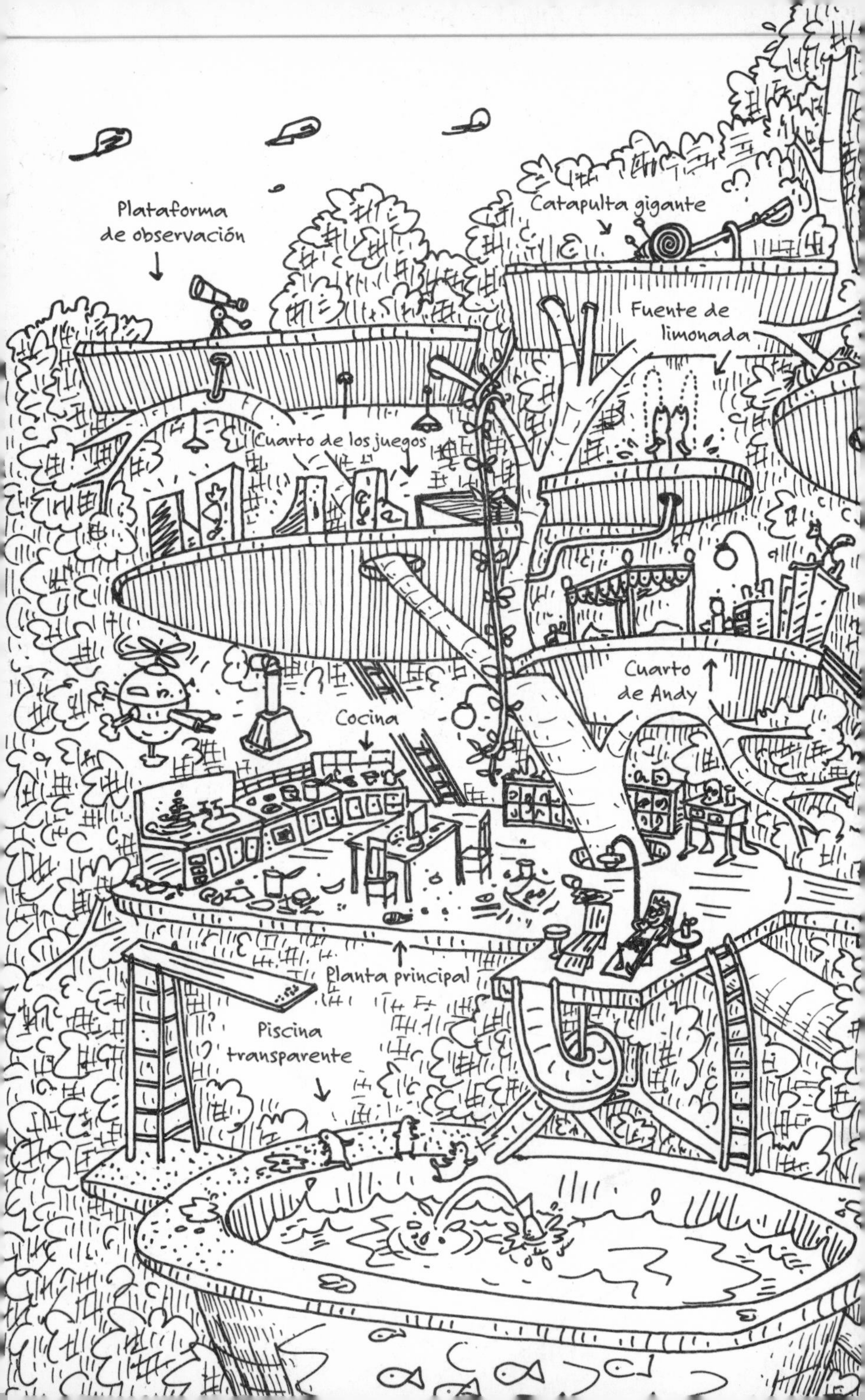
Plataforma de observación
Catapulta gigante
Fuente de limonada
Cuarto de los juegos
Cuarto de Andy
Cocina
Planta principal
Piscina transparente

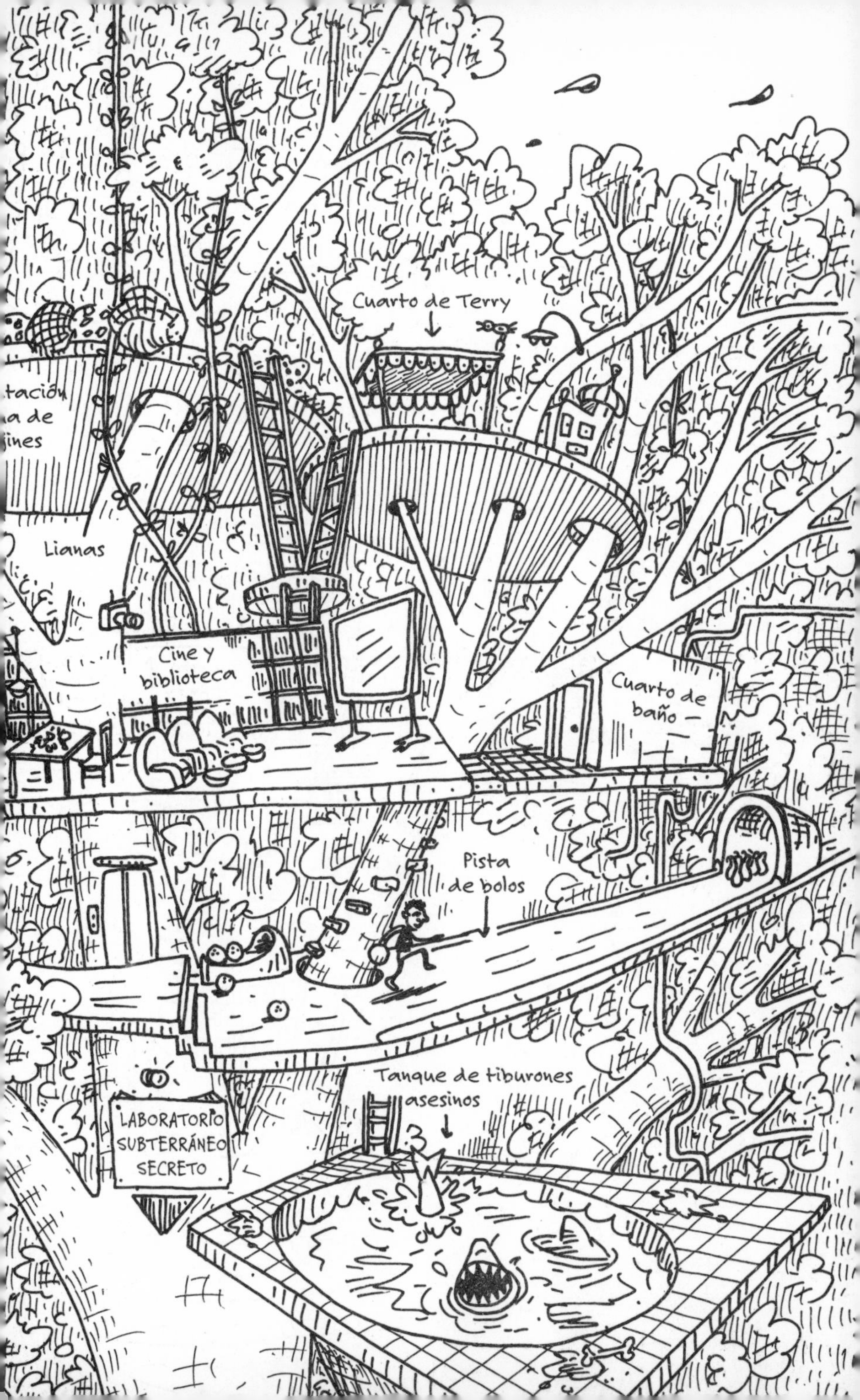

Cuarto de Terry
Lianas
Cine y biblioteca
Cuarto de baño
Pista de bolos
Tanque de tiburones asesinos
LABORATORIO SUBTERRÁNEO SECRETO

Tenemos una pista de bolos,

una piscina transparente,

un tanque lleno de tiburones asesinos,

lianas de las que colgarse,

un cuarto de los juegos,

un laboratorio subterráneo secreto,

una fuente de limonada,

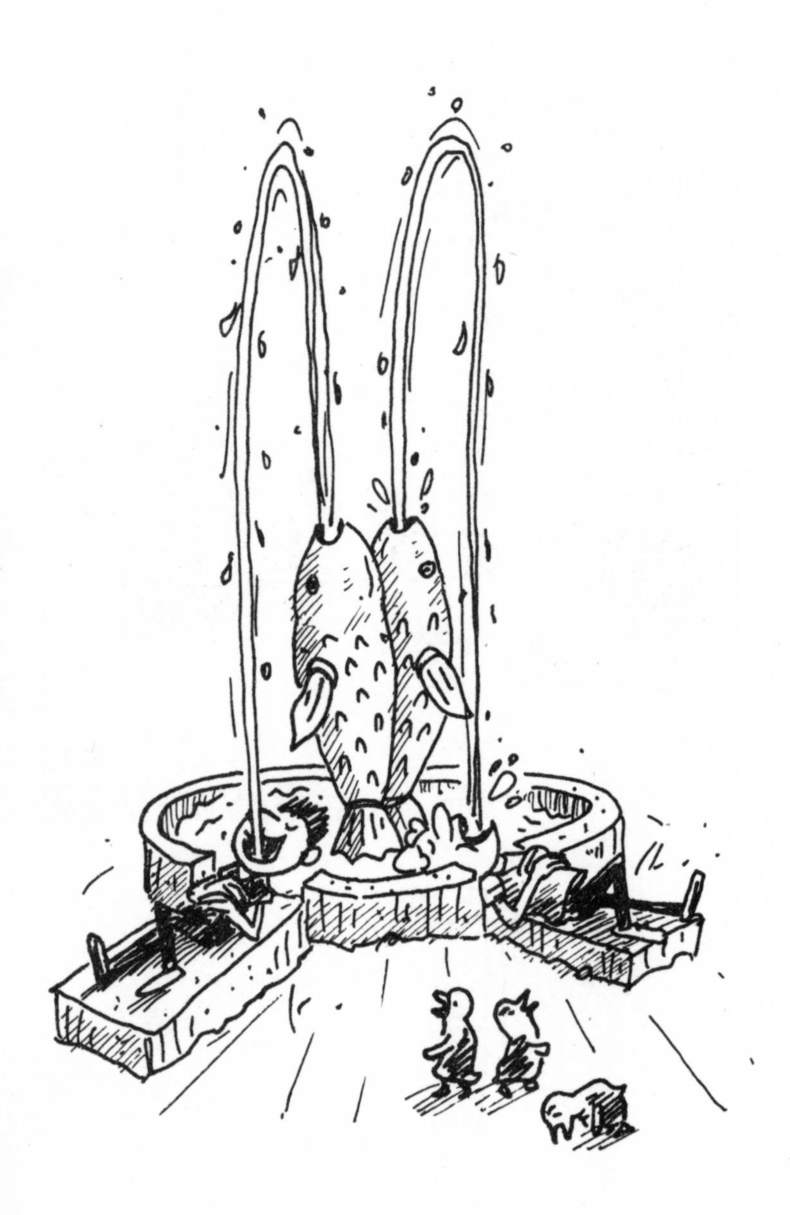

un desatomizador de verduras,

y una máquina dispensadora de chuches que te sigue allá donde vayas y te dispara nubes directamente a la boca cada vez que tienes hambre.

La casa en el árbol no solo es nuestro hogar, sino también donde hacemos libros juntos. Yo pongo los textos y Terry las ilustraciones.

Como podéis comprobar, llevamos bastante tiempo haciéndolo.

CAPÍTULO 2

EL GATO VOLADOR

Si eres como la mayoría de nuestros lectores, seguramente te estarás preguntando de dónde sacamos tantas ideas para los libros. Bueno, a veces usamos la imaginación. Otras veces las historias se basan en cosas que nos pasan de verdad. Como este libro, por ejemplo.

Todo empezó una mañana, cuando me levanté y bajé a desayunar.

Terry ya estaba en la cocina. Lo encontré pintando un gato. Y cuando digo que estaba «pintando un gato» no me refiero a que lo estaba dibujando, ¡sino pintando un gato de verdad! ¡De amarillo canario!

—Puede que te parezca una pregunta tonta, Terry —le dije—, pero ¿por qué pintas ese gato de amarillo canario?

—Porque voy a convertirlo en un canario —contestó.

Intenté explicarle que no se puede transformar un gato en un canario simplemente pintándolo de amarillo, pero él me dijo: «Sí que se puede, ¡fíjate!», y se llevó al gato recién pintado hasta el borde de la plataforma de observación.

—¡No! —grité, al ver que Terry extendía los brazos y... soltaba al gato.

Pero no había razón para preocuparse. El gato no cayó al vacío. Le salieron dos pequeñas alas en la espalda, hizo pío y se fue volando.

—¿Lo ves? —dijo Terry, volviéndose hacia mí con aire triunfal—. ¡Te lo he dicho!

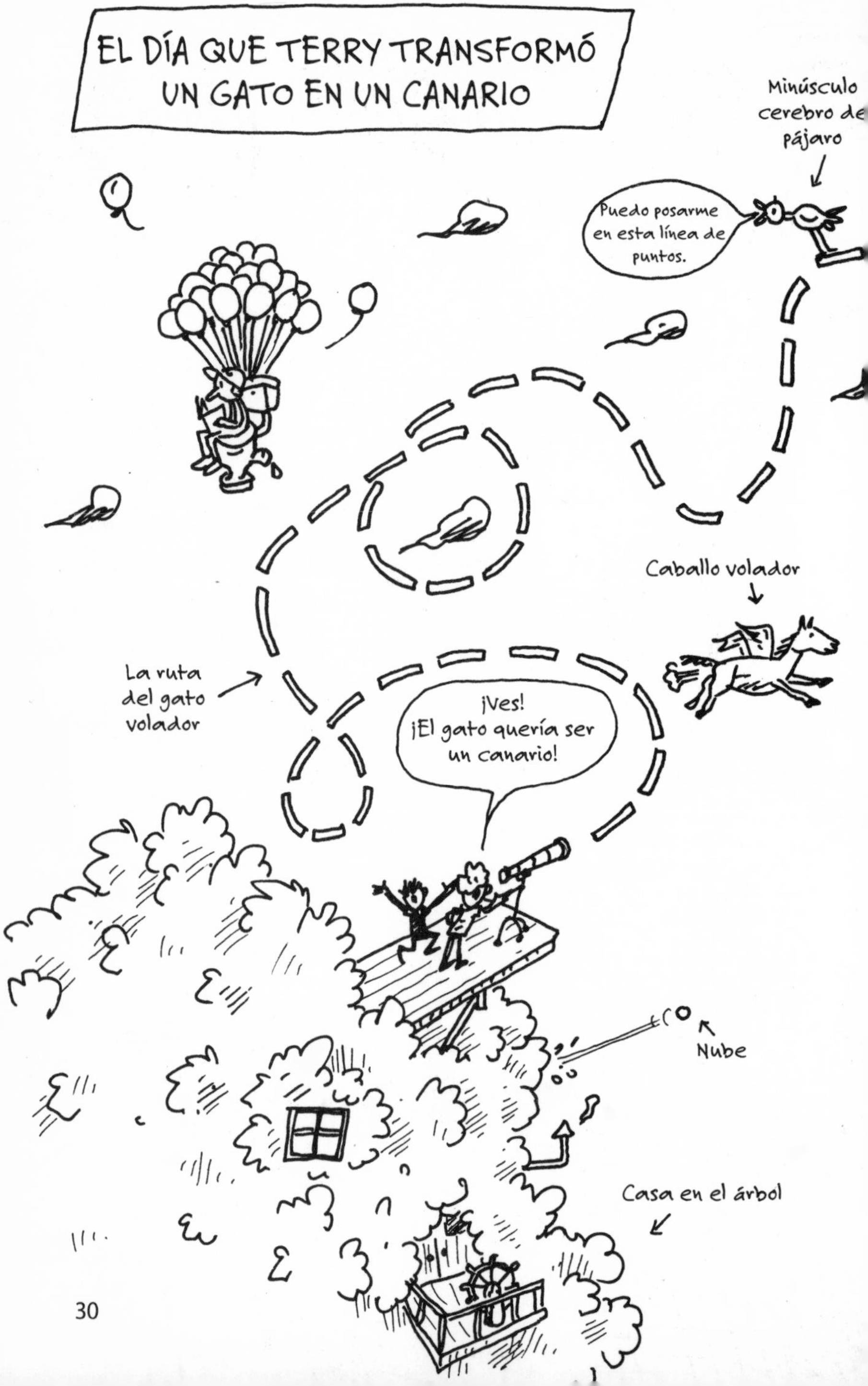

EL DÍA QUE TERRY TRANSFORMÓ UN GATO EN UN CANARIO

Minúsculo cerebro de pájaro

Puedo posarme en esta línea de puntos.

Caballo volador

La ruta del gato volador

¡Ves! ¡El gato quería ser un canario!

Nube

Casa en el árbol

Mira, mamá, un gato volador.
No digas tonterías, Fifi.
Gato/ canario volador
¡Increíble!
Pájaro alucinando en colores
Flamenco
Jinete mono
¿Es un gato?
¿Es un canario?
¿Será un gatnario?
Me chiflan los gatnarios.
A mí me chifla mi nuevo peinado.
No sé qué es. No veo nada por culpa de los bocadillos.

CAPÍTULO 3

LA GATA DESAPARECIDA

Vimos cómo el gato... mejor dicho, el canario... quiero decir, el «gatnario»... se alejaba volando hasta desaparecer. Entonces alguien llamó al timbre.

Era Jill, nuestra vecina. Vive al otro lado del bosque, en una casa llena de animales. Tiene dos perros, una cabra, tres caballos, cuatro peces de colores, una vaca, seis conejos, dos conejillos de indias, un camello, un burro y una gata.

—¡Mecachis! —dijo Terry—. ¡Estará buscando a su gata!

—¡No me digas que ese gato que acabas de transformar en un canario era Frufrú! —exclamé.

—Vale, no te lo diré —respondió Terry—. Pero sí que lo era.

Ahora sí que la habíamos liado. Jill adoraba a su gata. Quería a todos sus animales, pero a ninguno como a Frufrú.

—¡Oh, no! —exclamé—. ¡Se subirá por las paredes cuando se entere!

—Será mejor que no le digamos nada.

—¡Buena idea! —dije—. Podemos fingir que no estamos en casa.

Hicimos lo posible por pasar inadvertidos, pero es bastante difícil esconderse en una casa en el árbol.

—¡No os hagáis los locos! —dijo Jill—. Os oigo. Y también os veo. Frufrú ha desaparecido y me preguntaba si la habéis visto.

—No —contesté enseguida—. Aquí no está.

Antes de que empecéis a pensar que voy por ahí contando patrañas, os diré que, si bien la primera parte de mi respuesta («No») podría considerarse una mentira, la segunda parte («Aquí no está») era una verdad como un templo, lo que —seguro que estaréis de acuerdo conmigo— anula la mentirijilla anterior.

—Ah —dijo Jill, decepcionada—. Bueno, he hecho unos carteles de «Se busca mascota», ¿puedo colgar uno en vuestro árbol?

—Por supuesto. Es lo menos que podemos hacer.

(Eso también era una verdad como un templo.)

¡GATA DESAPARECIDA!
FRUFRÚ
Tiene este aspecto
Orejitas monísimas
Preciosos ojos verdes
Bigotitos adorables
Pelo blanco sedoso
Le gusta: comida de gato, que la acaricien, ver gatos en la tele.
No le gusta: los perros, mojarse, las pulgas, que la trampilla de la gatera se quede atascada.
¡GRAN RECOMPENSA!
Llamar a Jill

En cuanto Jill se fue, me volví hacia Terry.

—¡Tenemos que encontrar a la gata! —dije.

—¡La ganaria, querrás decir! —replicó él.

—¡Lo que sea! —dije yo—. Hay que encontrarla y punto.

Pero, antes de que empezáramos siquiera a buscarla, sonó el videoteléfono (sí, también tenemos uno de esos cacharros, ¡y además se ve en 3D!).

—Puede que sea Frufrú —dijo Terry.

—No seas tonto —repliqué—. Los gatos no llaman por teléfono.

—Qué sabrás tú... —me soltó Terry—. ¡También decías que no podían transformarse en canarios!

CAPÍTULO 4

LA GRAN NARIZOTA ROJA

Volvimos corriendo arriba. Una enorme narizota roja llenaba la pantalla del videoteléfono. Menuda faena. Era el señor Narizotas, nuestro editor. Y estaba cabreado. Lo sé porque su nariz se veía incluso más grande y roja de lo habitual.

—¿DÓNDE ESTÁ MI LIBRO? —preguntó a gritos.

—¿Qué libro? —replicó Terry.

—¡El que hace un año prometisteis que estaría sobre mi mesa el viernes pasado, cabezas de chorlito!

—Ah —dijo Terry—. ¿Ya es el viernes pasado?

—¡No, el viernes pasado ya PASÓ! —bramó el señor Narizotas—. Está más que PASADO, pero TODAVÍA no veo el libro sobre mi mesa.

La verdad es que medio nos habíamos olvidado del libro. Íbamos un poco retrasados. Bueno, cuando digo «un poco retrasados» quiero decir muy retrasados. Y cuando digo «muy retrasados» quiero decir MUY, PERO QUE MUY retrasados.

Pero no estaba yo por la labor de decírselo al señor Narizotas. Bastante enfadado estaba ya, y cuanto más se enfada, más le crece la nariz. Y si le crecía mucho más la nariz, temía que fuera a explotar. No es algo que me apeteciera ver, la verdad, y menos en 3D.

ARRIBA: *Recreación artística de lo que ocurriría si la nariz del señor Narizotas explotara.*

—Tranquilo, señor Narizotas —mentí—. Lo tenemos todo bajo control. Le entregaremos el libro tan pronto como podamos.

—Bueno, más vale que «tan pronto como podáis» sea mañana a las cinco en punto de la tarde... ¡y el que avisa no es traidor!

—No se preocupe, señor Narizotas —le dije—. Mañana lo tendrá, por supuesto. ¡Confíe en nosotros!

—Pero... —empezó Terry.

Colgué rápidamente, no fuera Terry a decir algo que cabreara todavía más al señor Narizotas.

—No tendrías que haberle dicho eso —comentó Terry—. Estoy demasiado liado para tener un libro hecho mañana. Fíjate en la lista de cosas que tengo que hacer. ¡Estoy a tope!

Y no te quiero ni contar cómo tengo la lista de cosas que no tengo que hacer.

—Tus listas de cosas que hacer y no hacer tendrán que esperar —le dije—. Si no acabamos el libro a tiempo no tendremos más remedio que volver a la casa de los monos.

—¿La casa de los monos? —exclamó Terry, aterrado—. ¡No, a la casa de los monos no! ¡Cualquier cosa menos eso!

Por si no lo sabes, la casa de los monos es donde solíamos trabajar Terry y yo. Una pesadilla de trabajo.

Limpiar la casa de los monos no era muy agradable que digamos...

y despiojar a los monos era peor todavía...

pero lo peor de todo era tener que sustituir a los monos mientras se tomaban un descanso.

—No pienso volver a la casa de los monos —dijo Terry—. ¡Antes muerto!

—Y no tendrás que hacerlo —dije yo—. No si conseguimos acabar el libro. Venga, manos a la obra. ¡Mañana se acaba el plazo!

CAPÍTULO 5

DUELO DE DIBUJOS

Nos sentamos a la mesa de la cocina, que es donde solemos ponernos a trabajar. O, mejor dicho, en el caso del último año, donde NO solemos ponernos a trabajar.

Pero eso tenía fácil arreglo. Yo suponía que Terry tendría en su carpeta de los dibujos un puñado de bocetos divertidos que podríamos usar como punto de partida. Solo se trataría de escoger los mejores, añadir unas pocas frases y, ¡tachán!, ya lo tendríamos. Sería coser y cantar. Al fin y al cabo, éramos un par de profesionales. No hay más que ver la pila de libros que llevábamos publicados.

POR SI OS HABÉIS SALTADO LA PÁGINA 24, AQUÍ TENÉIS LA PILA DE LIBROS:

—Muy bien —dije—, ¡a ver qué tenemos aquí!

Terry abrió la carpeta de los dibujos y la dejó sobre la mesa.

—Esto te va a encantar —dijo.

Tenía ante mí el dibujo de un dedo.

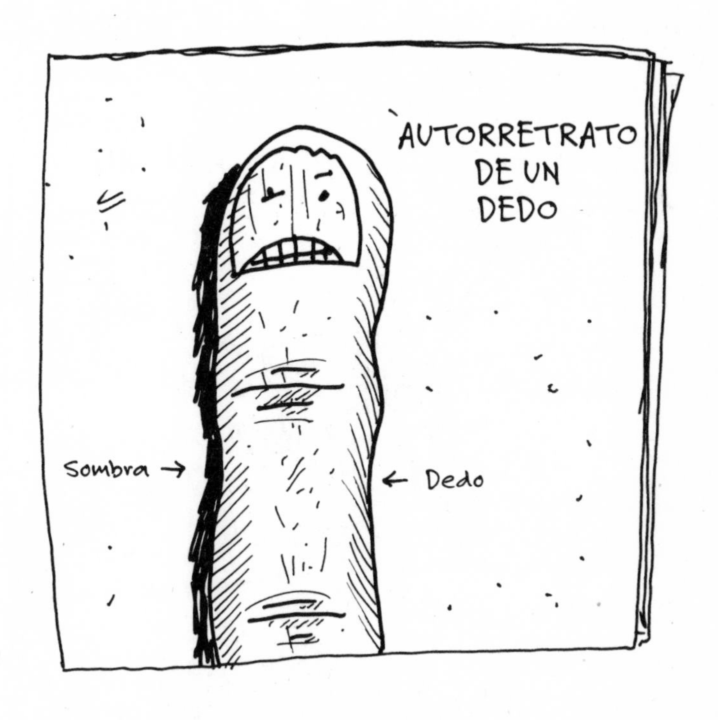

—Es el dibujo de un dedo —concluí.

—Sí —replicó Terry, todo orgulloso—, pero no es un dedo cualquiera... sino mi dedo.

—Ajá —contesté—. ¿Qué más tienes?

—Un primer plano de mi dedo —dijo Terry—. Con anotaciones y todo.

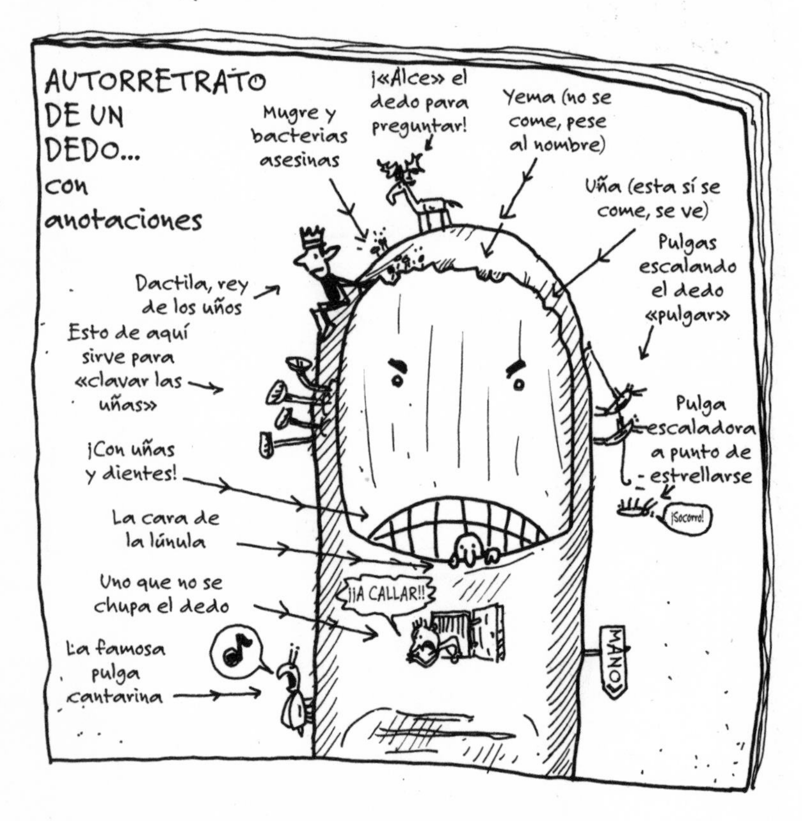

Me lo quedé mirando boquiabierto.

—¿Y bien? —dijo Terry con una sonrisa de oreja a oreja—. ¿Qué te parece? Pulgas escalando el dedo pulgar, ¿lo pillas? «Pulgar», de las pulgas...

—Sí, sí, ya lo pillo —contesté. Fui pasando las páginas en busca de más dibujos, pero lo único que encontré fue esto...

Y esto...

Y esto...

—¿Ya está? —pregunté—. ¿Dos dibujos? ¿Has tenido un año entero y lo único que has hecho son dos dibujos? ¡No me lo puedo creer, Terry! ¿Acaso esperas que haga yo todo el trabajo, no solo el texto sino también las ilustraciones?

—Por supuesto que no —dijo Terry—. Tú no tienes ni idea de dibujar.

—¡Anda que no! —repliqué—. Dibujar está chupado. Lo que requiere talento de verdad es ponerle palabras a las imágenes.

—Si crees que dibujar es tan fácil, te reto a un duelo —dijo Terry, tendiéndome un lápiz.

—¡Allá tú! —repliqué.

Primero dibujamos un puñal.

—Eso no es un puñal —dijo Terry—. Esto sí que es un puñal.

Luego dibujamos un gusano.

—Eso no es un gusano —dijo Terry—. Esto sí que es un gusano.

Luego dibujamos un plátano.

—Eso no es un plátano —dijo Terry—. Esto sí que es un plátano.

—No —dije yo—, eso no es un plátano. ¡Esto sí que es un plátano!

Cogí el plátano gigante que Terry había fabricado el día anterior y me fui hacia él hecho una furia.

—Baja ese plátano, Andy —suplicó Terry, retrocediendo.

—Lo bajaré —contesté— si reconoces que dibujo mejor que tú.

—Pero no es verdad.

—De acuerdo —dije—, en ese caso lamento informarte que voy a tener que aporrearte la cabeza con este plátano gigante.

—¡A no ser que te aporree yo primero! —dijo Terry.

Me arrebató el plátano de las manos y me golpeó con él en la cabeza.

Y entonces se apagaron todas las luces de golpe.

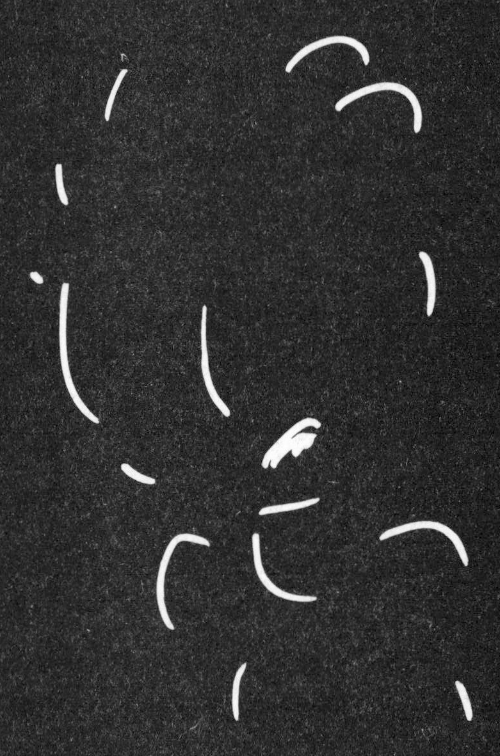

Lo siguiente que recuerdo es que me desperté calado hasta los huesos y Terry estaba de rodillas frente a mí, con un cubo vacío entre las manos.

—¡Cuánto me alegro de que estés bien! —dijo—. ¡Creía que te había matado!

—Yo también lo pensaba —repliqué—. ¡No puedo creer que me hayas aporreado la cabeza con un plátano gigante!

—Pero eso es justo lo que querías hacerme tú a mí...

—Un error no se remedia con otro —le dije.

—No, supongo que no —contestó—. Oye, lo siento. Pero míralo por el lado bueno: por lo menos te he salvado la vida tirándote un cubo de agua a la cara.

—¡Sí, pero ahora estoy empapado!

—Mejor empapado que muerto.

—Te diré algo —le advertí—: Ya podemos darnos los dos por muertos si no dejamos de perder el tiempo y acabamos el libro de una vez.

—Si no lo empezamos de una vez, querrás decir —me corrigió Terry—. ¿Tienes algo en tu carpeta de borradores?

—Pues la verdad es que tengo una historia empezada —dije—, y debo decir que es bastante buena.

—Eso es estupendo —dijo Terry—. ¡Enséñamela!

Cogí mi cuaderno de apuntes y empecé a pasar las páginas.

Hérase

una

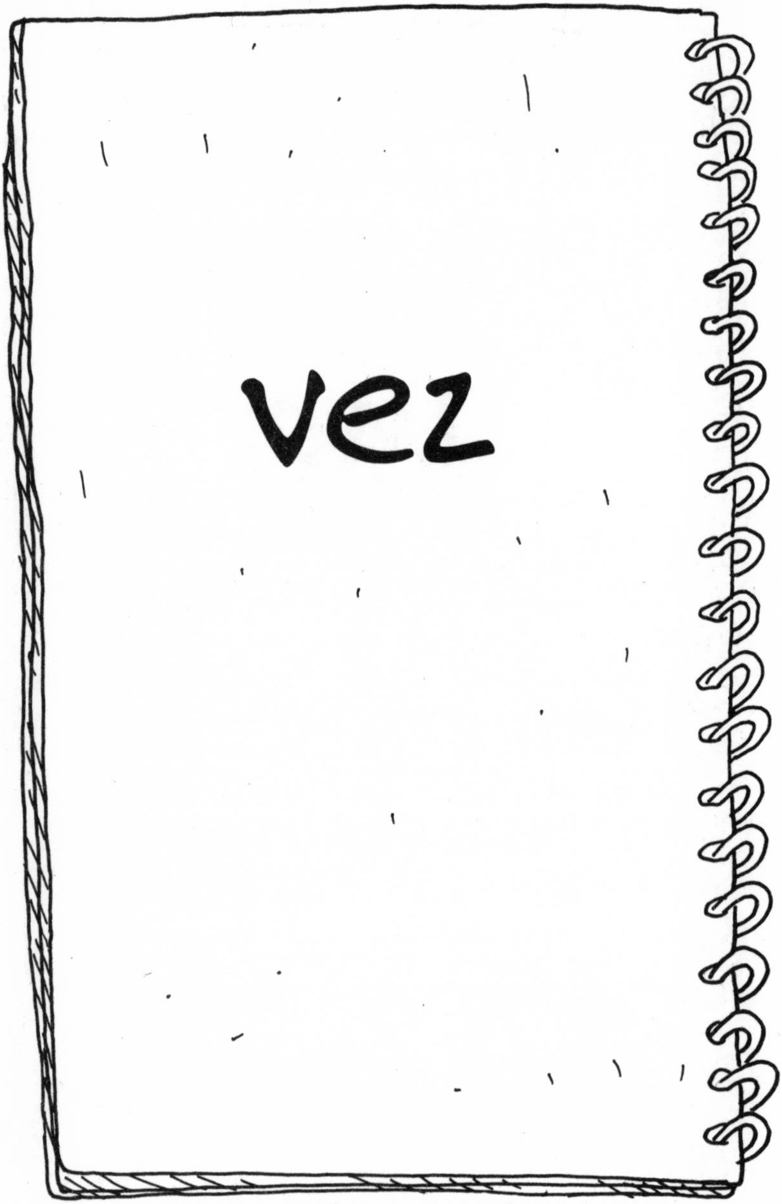

vez

UN

—¡Esto promete! —exclamó Terry—. ¡Suena emocionante! Pero ¿cómo sigue?

—No estoy seguro —dije—. Solo he llegado hasta aquí.

—¿No tienes nada más? —preguntó Terry—. ¿Cuatro palabras?

—Cuatro páginas —corregí.

—Ya, pero siguen siendo solo cuatro palabras —replicó Terry—, y una de ellas está mal escrita. Juraría que «érase» no lleva hache.

—¡Ya salió el señor sabelotodo! —contesté—. Y si tanto sabes de escribir historias, ¿por qué no lo haces tú?

—¡Porque está a punto de empezar mi programa preferido de la tele! —dijo Terry.

—¿Y qué pasa con el libro? —pregunté.

—¿Por qué no lo escribes tú mientras yo veo la tele?

—¡Porque no puedo escribir con la tele encendida! —contesté—. ¡No consigo concentrarme!

—Pues ven a verla conmigo —contestó Terry, dando unas palmaditas en el puf.

Y así fue como, en lugar de ponernos a trabajar en el libro, perdimos media hora viendo al perro más tonto del mundo en el programa de la tele más tonto del mundo.

Y si no me creéis, juzgad vosotros mismos. ¡Para muestra, un botón!

CAPÍTULO 6

LADRY, EL INCREÍBLE PERRO LADRADOR

GUAU
GUAU
GUAU
GUAU
GUAU
GUAU
GUAU
GUAU
GUAU
GUAU
GUAU
GUAU
GUAU
GUAU
GUAU

GUAU
GUAU
GUAU
GUAU
GUAU
GUAU
GUAU
GUAU
GUAU
GUAU
GUAU
GUAU
GUAU
GUAU
GUAU

GUAU
GUAU
GUAU
GUAU
GUAU
GUAU
GUAU
GUAU
GUAU
GUAU
GUAU
GUAU
GUAU
GUAU
GUAU
FIN

CAPÍTULO 7

LA SIRENA MONSTRUOSA

¿Veis a qué me refiero?

Costaría mucho encontrar un programa más tonto.

—Venga, Terry —dije cuando por fin se acabó—. Volvamos al trabajo.

—Pero si ahora va a empezar mi segundo programa preferido —replicó Terry—, *¡Zumbi, la mosca zumbadora!*

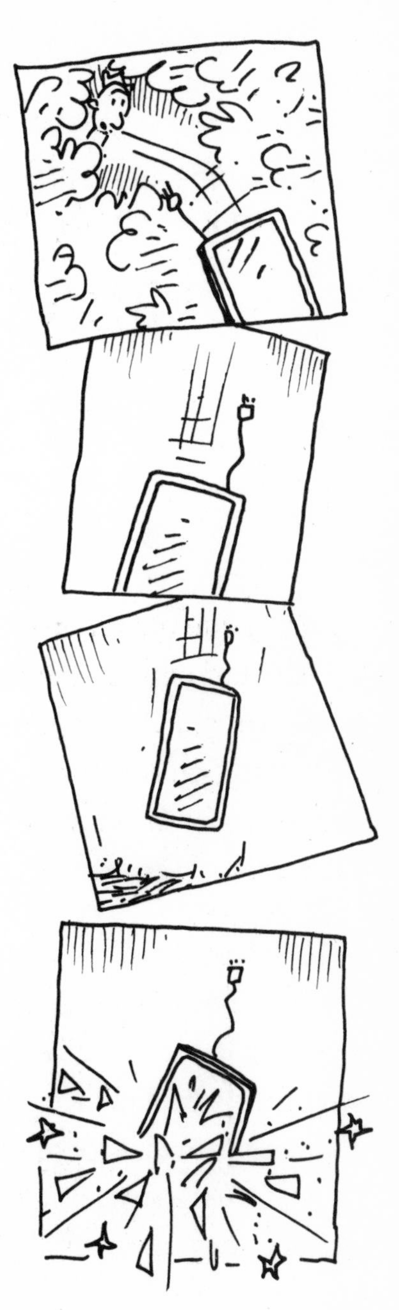

—Ah, no, ¡de eso nada! —dije yo, cogiendo el mando a distancia y apagando la tele.

—¿Cómo que no? —exclamó Terry, quitándome el mando de la mano y volviendo a encender la tele.

—Puede que no me haya explicado bien —repliqué, cogiendo la tele y tirándola por la ventana.

La tele aterrizó en el suelo con estruendo.

Terry se encogió de hombros.

—Supongo que tienes razón —dijo.

—¡Oye! —gritó alguien—. ¡Eso ha estado a punto de caerme encima!

Glups.

Me asomé a la ventana.

Era Bill, el cartero.

—¡Lo siento, Bill! —dije—. Ha sido un accidente.

—No pasa nada —contestó entre risas—. ¡Llevar el correo a la casa en el árbol de 13 pisos siempre es una aventura! ¿Está el joven Terry en casa? Tengo un paquete para él... correo exprés.

—¡YUPI! —exclamó Terry, yendo derecho hacia la escalera de mano—. ¡Ahora mismo bajo!

Minutos después, volvió a subir con un paquete.

—¡Mis monos de mar! —exclamó cuando lo abrió—. ¡Por fin han llegado!

—¿Monos de mar? —dije yo—. ¿Para qué los quieres? ¡Ya tenemos un tanque lleno de tiburones asesinos!

—Ya, pero los monos de mar son mucho más divertidos que los tiburones asesinos —replicó Terry—. ¡Tienen tres ojos, respiran por los pies y construyen inmensos reinos subacuáticos! Los tiburones no hacen nada de eso... ¡si ni siquiera tienen pies! ¡Voy a hacer que mis monos de mar cobren vida ahora mismo!

—Para el carro —dije—. Tenemos que escribir un libro, por si lo has olvidado.

—¡Lo sé! —replicó Terry—. Y te prometo que me pondré manos a la obra en cuanto haya incubado a los monos de mar. Se desarrollan al instante. Lo único que hay que hacer es echarles agua. Por favor. ¡Porfa! ¡Porfiiii!

—De acuerdo —dije—, pero ¡date prisa!

—¡Hecho! —contestó Terry, y salió pitando hacia el ascensor—. Ahora mismo vuelvo.

Esperé un buen rato...

Y luego un mal rato...

Y luego un rato interminable...

Pero Terry no volvió.

Al final fui a buscarlo al laboratorio subterráneo secreto.

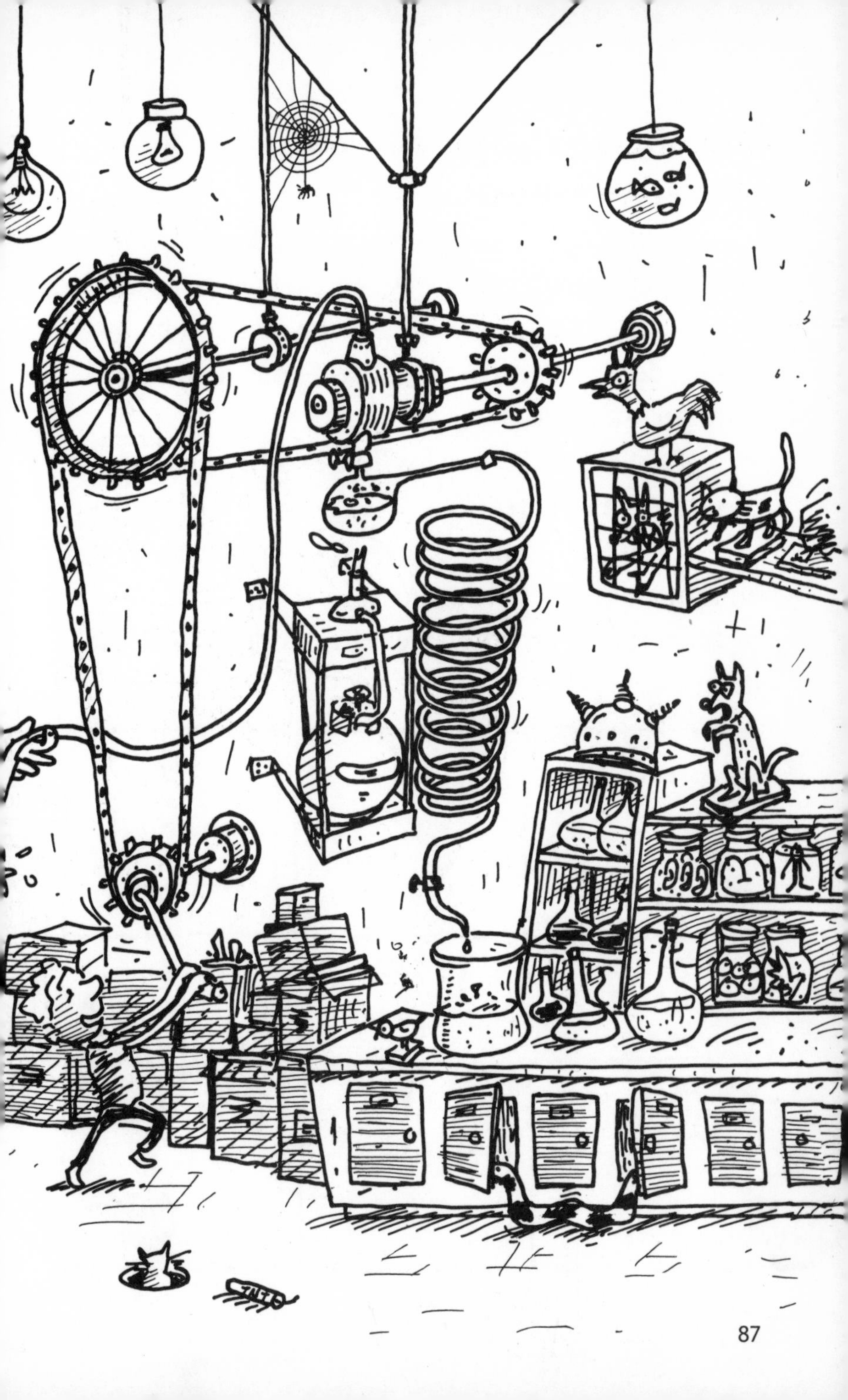

—¿Qué haces? —pregunté—. Creía que solo había que echarle agua a los huevos.

—¡Y eso hago! —contestó Terry—. Acabo de fabricar el aparato que me ayudará a medir la cantidad exacta de agua que necesito. Si echo demasiada, los monos de mar podrían ahogarse. Si me quedo corto, podrían asfixiarse.

—¡Pero has dicho que los huevos se incubaban al instante! —exclamé.

—Y así será —replicó Terry—, en cuanto los ponga en remojo. Atrás, por favor.

Terry apretó un botón y el agua empezó a salir de la máquina...

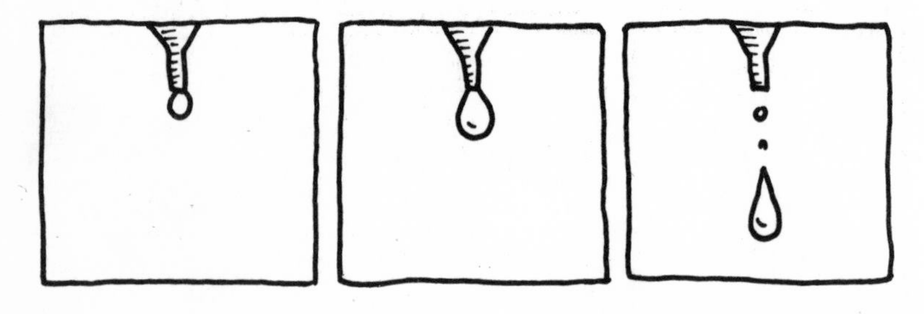

... gotita a gota...

... desesperante de tan lenta...

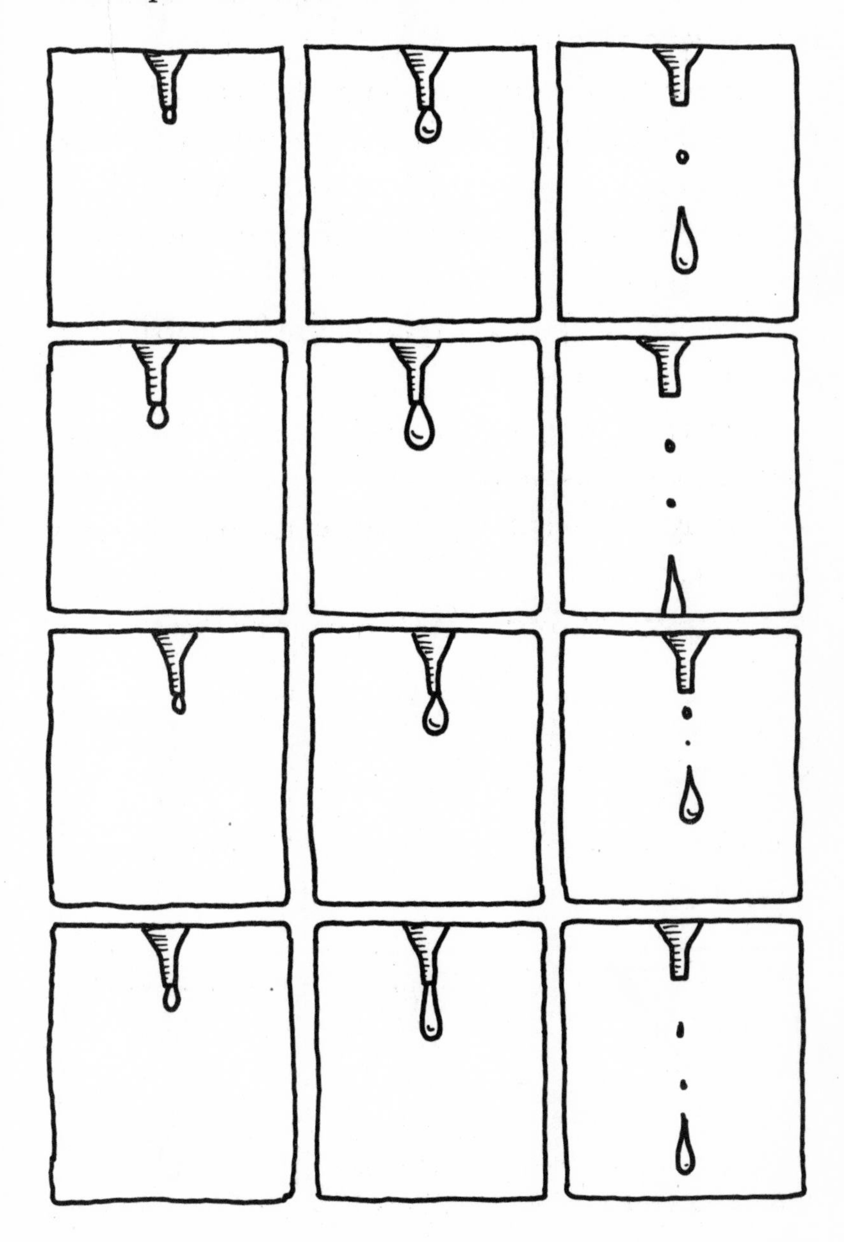

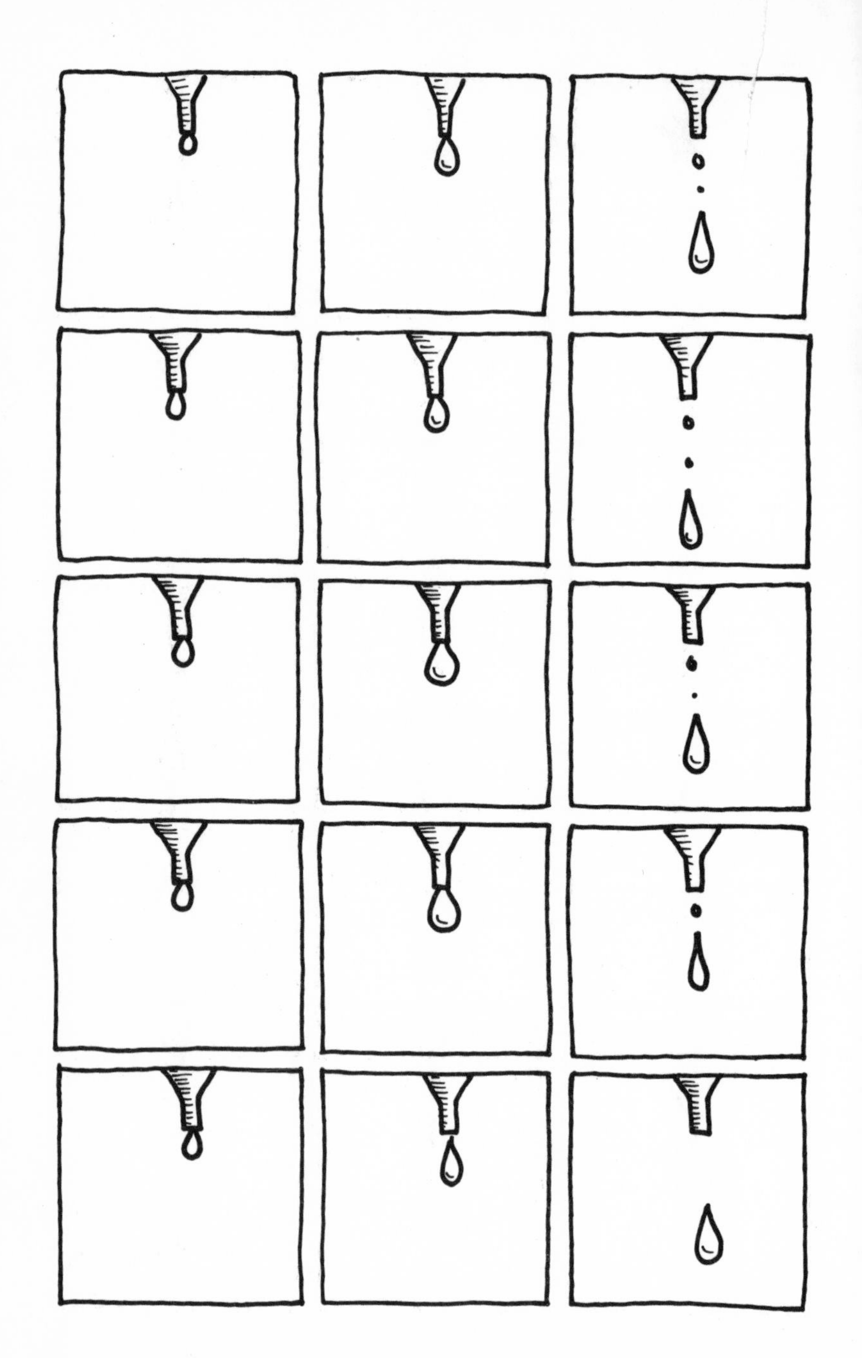

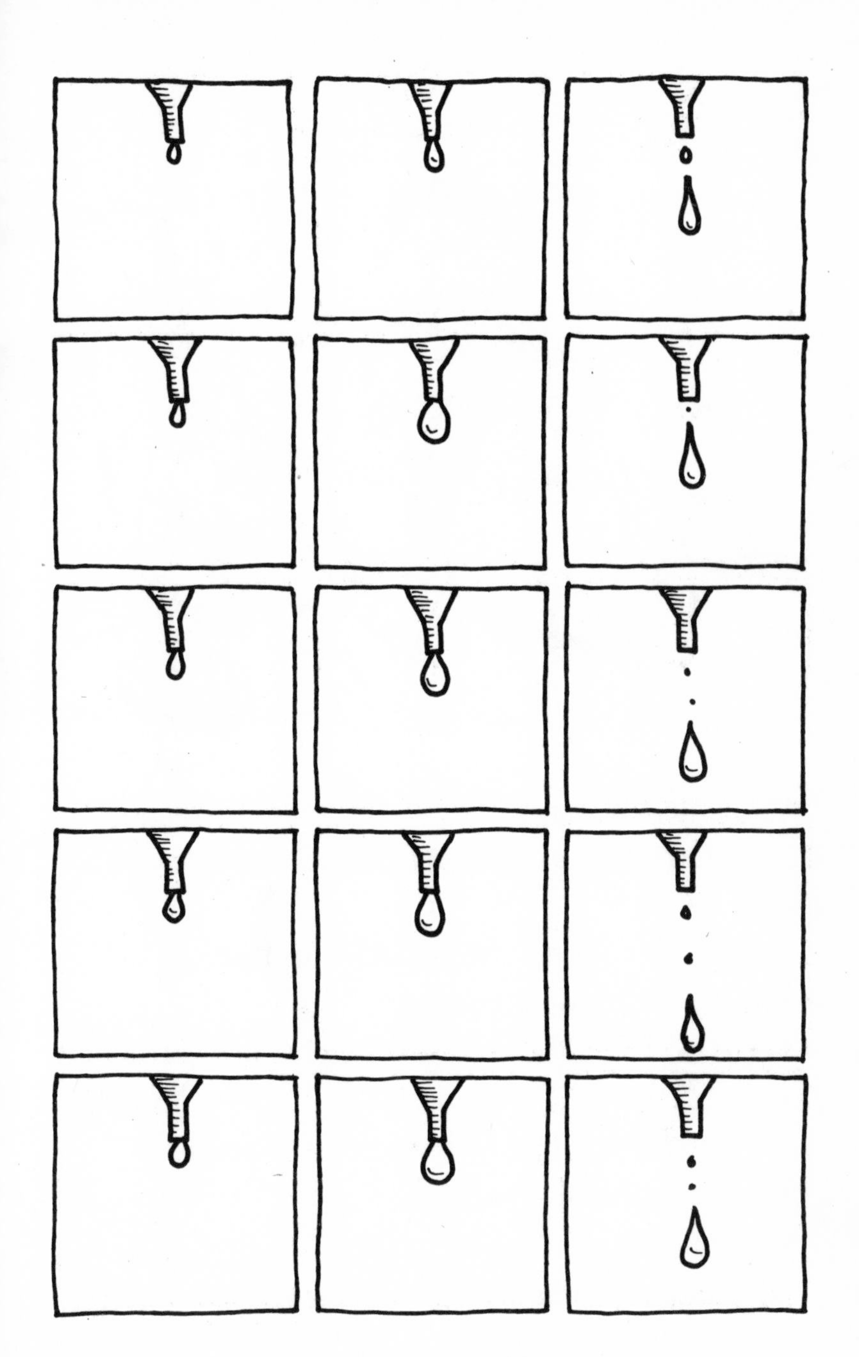

Finalmente, unos tropecientos mil millones de gotas desesperantemente lentas más tarde, el agua estaba a punto.

—¡Por fin! —dije—. Venga, echa los huevos, deprisa, y volvamos al trabajo.

—Claro —dijo Terry—. Solo tengo que filtrarla primero.

—¿Y cuánto tiempo te llevará eso? —pregunté.

Terry lo miró en el paquete.

—Veinticuatro horas.

—¡¿Qué?! —exclamé—. ¡Pero si eso es todo un día!

—No digas bobadas, Andy —replicó Terry, riéndose—. ¡Un día no tiene veinticuatro horas!

—¡SÍ QUE LAS TIENE! —le dije a gritos—. ¡Y si crees que voy a dejar que sigas perdiendo el tiempo con estos estúpidos monos de mar, estás mal de la cabeza, lo que no me extraña, porque tienes un cerebro minúsculo!

CEREBROS: UNA GUÍA VISUAL

—A ver si te muerdes la lengua, Andy —me regañó Terry—. Puede que haya niños leyéndonos.

—Me da igual quién nos esté leyendo —repliqué—. Echa esos huevos en el agua ahora mismo o te juro que te encasqueto ese tarro en la cabeza con tanta fuerza que no te lo podrás quitar en lo que te queda de vida. ¿Qué te parece la idea?

Terry se lo pensó unos instantes.

¿CÓMO SERÍA PASARME EL RESTO DE LA VIDA CON UN TARRO EN LA CABEZA?

Peinarse
¡Maldito tarro!
¡Grrr!
Hurgarse la nariz
Puede besar a la novia.
¡Ja, ja!
Día de mi boda
¡Maldito tarro!
Terry de viejo
Vejez
Terry de muy viejo
¡Maldito tarro!
Hora de dormir
Andy de viejo, llorando
Maldito tarro
Terry
Terry muerto
FIN

—Creo que no me gustaría ni pizca —dijo al fin—. Supongo que, dadas las circunstancias, podemos saltarnos el paso del filtrado del agua y echar los huevos directamente en el tarro.

—Así se habla —dije yo.

La mano de Terry temblaba mientras vertía los huevos de mono de mar en el tarro.

Luego removió el agua y sostuvo el tarro a contraluz.

—¡Lo he conseguido! —gritó—. ¡Soy un genio! ¡He creado una nueva forma de vida!

Tenía razón.

No en lo de ser un genio, claro está, sino en que había un puñado de monos de mar recién nacidos nadando de aquí para allá en el agua.

—Sí, es fantástico —dije—. ¿Ya podemos volver con el libro?

—Todavía no —dijo Terry—. Tengo que darles una cucharadita rasa de comida especial para renacuajos de monos de mar.

Solté un gemido.

—¿Quiere eso decir que primero tienes que construir una máquina dispensadora de cucharaditas rasas de comida especial para renacuajos de monos de mar?

—¡Qué va! Vienen con su propio utensilio medidor de comida especial para renacuajos de monos de mar —dijo Terry mientras cogía comida para monos de mar con una cucharilla de plástico y la esparcía en el agua.

La comida desencadenó una actividad frenética. Bueno, por lo menos en uno de los monos de mar, que se fue derecho hacia ella y se la zampó todita antes de que los demás pudieran probarla siquiera.

—¡Menudo tragón! —dijo Terry.

—Será mejor que eches más comida —sugerí.

Terry midió otra cucharadita y espolvoreó la superficie del agua.

Una vez más, el muy glotón se lo comió todo... y luego empezó a crecer.

En cuestión de segundos había doblado su tamaño, y poco después volvió a doblarlo. Entonces dio un par de vueltas por el tarro ¡y devoró a todos los demás monos de mar!

Se hizo más grande...

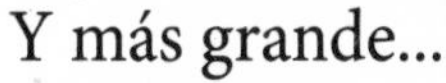

Y más grande...

Y más grande todavía.

—¡Ya casi no cabe en el tarro! —exclamó Terry.

—¡Trae un vaso de precipitados! —dije—. ¡Uno bien grande!

Terry se fue corriendo y volvió con el vaso de precipitados más grande que teníamos en el laboratorio.

—Con este debería bastar —dijo, vertiendo el agua y el mono de mar en su nuevo hogar.

Sin embargo, aquella cosa no paraba de crecer. Poco después, el vaso de precipitados se le había quedado pequeño, así que lo trasladamos a un cubo, pero pasó tres cuartos de lo mismo.

—Es inútil —dijo Terry—. ¡Necesitamos algo más grande todavía!

—¿Qué tal la bañera? —sugerí.

—¡No sabía que tuviéramos bañera! —dijo Terry.

—Pues sí —dije yo—. Hace tiempo que te lo quería comentar. Está en el cuarto de baño.

—¡No sabía que tuviéramos cuarto de baño! —exclamó Terry.

—Tú coge el cubo y sígueme —dije.

PELIGRO

—¡Este mono de mar es raro con ganas! —dije cuando finalmente logramos meterlo en la bañera.

—Eso es porque no soy un mono de mar —dijo la extraña criatura—, ¡sino una sirena!

—¿Una sirena? —preguntó Terry. Parecía a punto de echarse a llorar—. ¡Pero las sirenas son cosa de chicas! ¡Yo había encargado monos de mar!

—Yo no tengo la culpa —dijo la sirena—. Alguien habrá mezclado los huevos en la fábrica. Me llamo Rosa de los Mares, ¿y vosotros, cómo os llamáis?

—Terry.

—Qué nombre tan bonito para un tritón —dijo Rosa de los Mares.

—No soy un tritón —contestó él.

—Ah, pues me habrías engañado —le aseguró la sirena—. Eres lo bastante guapo para ser un tritón, desde luego.

Terry se puso colorado y soltó una risita tonta.

—Hola —dije—. Me llamo Andy.

—Ajá... —dijo Rosa de los Mares, sin apartar los ojos de Terry.

—Y también vivo aquí —añadí.

—Ajá... —repitió la sirena—. ¿Por qué no te vas a dar una vuelta, Sandy? A Terry y a mí nos apetece estar a solas.

—Sí... —dijo Terry con aire bobalicón.

—Pero ¿qué pasa con el libro? —pregunté—. ¿Cuándo vamos a hacerlo?

Pero de nada servía insistir.

Ninguno de los dos me escuchaba. No hacían más que mirarse a los ojos. La verdad es que daba bastante vergüenza ajena.

Me fui del cuarto de baño y cerré la puerta. Sin embargo, seguía oyendo lo que decían.

—Eres tan encantador... —dijo Rosa de los Mares—. ¡Ojalá pudiera quedarme aquí contigo!

—Claro que puedes... ¿o no? —preguntó Terry.

—Por desgracia, no... —dijo la sirena—. No puedo vivir en una bañera para siempre.

—¡También tenemos una piscina! —exclamó Terry—. ¡Y es de cristal! ¡Podrías vivir en ella!

—Pero debo regresar al mar —dijo Rosa de los Mares—. Allí está mi hogar.

—Ah... —se lamentó Terry, abatido.

—¡Ya lo tengo! —exclamó Rosa de los Mares—. ¿Por qué no te vienes conmigo? ¡Podríamos vivir en mi castillo de arena de trece pisos bajo el mar!

—Eso sería estupendo —dijo Terry—. Pero yo no soy un tritón. No puedo respirar bajo el agua.

—Habría un modo, sin embargo... —reveló Rosa de los Mares—. Cuando un humano y una sirena se casan, el humano se transforma en tritón... Lo único que tenemos que hacer para estar casados es besarnos.

Debería haber entrado de sopetón e interrumpido a los tortolitos en ese preciso instante, pero no quería que supieran que estaba espiándolos, y además era demasiado tarde. Me estremecí al oír el inconfundible sonido del beso entre un humano y una sirena.

—Ay, mi amor... —dijo Rosa de los Mares con voz cantarina—. ¡Soy taaan feliz! ¡Marchémonos ahora mismo!

—De acuerdo —dijo Terry—. Solo voy a decirle adiós a Andy.

—Vale, pero no tardes —contestó la sirena, impaciente—. No sé si aguantaré mucho más en esta bañera.

Me escondí rápidamente para que Terry no me viera al salir del baño.

Bajó por la escalera de mano y empezó a buscarme.

—¡Andy! —me llamó—. ¡Tengo que hablar contigo!

Estaba a punto de bajar y reunirme con él cuando oí un gorgoteo extraño que venía del lavabo. Sonaba como si Rosa de los Mares se estuviera ahogando, y aunque no me caía especialmente simpática, pensé que debería ir a ver si estaba bien. Sin embargo, nada más entrar en el baño, me topé con su imagen reflejada en el espejo, y no es que no estuviera bien... ¡sino que estaba fatal!

Rosa de los Mares ya no era una sirena, ¡sino un monstruo marino!

¿Que cómo podía estar tan seguro de que era un monstruo marino?

Bueno, para empezar, tenía la típica piel asquerosa de los monstruos marinos...

Y también los típicos tentáculos asquerosos de los monstruos marinos...

Y echaba la típica peste asquerosa de los monstruos marinos...

Pero lo que acabó de convencerme fue oírla canturreando: «Dime espejito mío, espejito del lavabo, ¿quién es el monstruo marino más listo y espabilado»?

Ahí me dije: «Apaga y vámonos».

¿Sabéis lo que pasa cuando veis algo tan espantoso que queréis apartar los ojos pero no podéis? ¡Pues aquello era tan, pero tan espantoso, que tuve que sacar la cámara y grabarlo!

Dime, espejito mío,
espejito del lavabo...
¿Quién es el monstruo marino
más listo y espabilado?
El humano
no sospecha nada,
¡Al muy tonto
se le cae la baba!
Se cree que lo voy a amar
y conmigo vivirá
en un palacio de arena
bajo las aguas del mar.
No se imagina el idiota
lo equivocado que está.
En lugar de mi marido,
¡mi desayuno será!

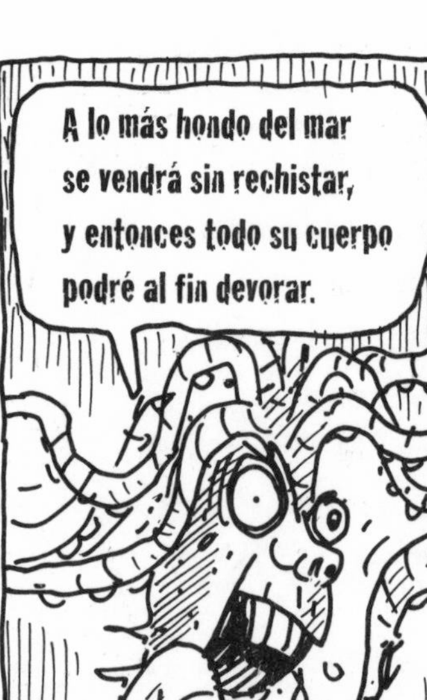
A lo más hondo del mar
se vendrá sin rechistar,
y entonces todo su cuerpo
podré al fin devorar.

Cómo me voy a poner
con su carne dulce y tierna.
Ni los huesos dejaré,
empezando por la pierna.

Me comeré sus ojitos,
la nariz y las orejas,
el hígado y los riñones,
sin olvidar las mollejas.

Con sus sesos de mosquito
haré una sopa divina,
y de sus huesos molidos
saldrá una sabrosa harina.

Dicho esto, el monstruo se convirtió de nuevo en Rosa de los Mares y se metió en la bañera.

En ese momento dejé de grabar y me fui corriendo en busca de Terry.

Lo encontré en la cocina.

La máquina dispensadora de chuches disparaba nubes a su boca, tan seguidas que casi no le daba tiempo a engullirlas.

—¿Sabes qué, Andy? —farfulló con la boca llena.

—Mmm, a ver si lo adivino... ¿Rosa de los Mares y tú os habéis casado y os vais a vivir a un castillo de arena de trece pisos en el fondo del mar?

Terry alucinó.

—¡¿Cómo lo has sabido?!

—Lo he oído todo —contesté—. Y también he oído algo más... Después de que te fueras, descubrí que Rosa de los Mares no es una sirena, precisamente, sino... ¡un monstruo marino!

—¡Mentira cochina! —bramó Terry—. ¡Lo que pasa es que estás celoso!

—De eso nada —contesté—. ¡Mira!

Le di al botón de PLAY de la cámara y se la pasé.

—¡Mecachis! —exclamó Terry—. ¿Y ahora qué hago yo?

—Bueno, para empezar —le dije—, me parece que deberías romper con ella. Y cuanto antes, mejor.

—¡Eso ya lo sé! —exclamó Terry—. Pero ¿qué pasa si intenta comerme?

—Tranquilízate —le dije—. Solo estaba bromeando. De momento, tampoco tienes que hacer nada. Ella no sabe que tú has descubierto que es un monstruo marino.

—Sí que lo sé... —farfulló una voz escalofriante a nuestra espalda.

Al darnos la vuelta, vimos a Rosa de los Mares deslizándose como una babosa por la cocina, avanzando hacia nosotros.

—¡Vete! —le dijo Terry, intentando esconderse detrás de mí.

—Pero si estamos casados, querido... —contestó ella, alargando su espantosa cara hacia Terry.

—¡No me beses! —suplicó él, con los ojos como platos.

—No voy a besarte —replicó ella—, sino a comerte... ¡a ti y a tu amigo el fisgón!

—¡No era mi intención fisgonear! —me defendí—. ¿No podrías pasarlo por alto esta vez, o limitarte a ponerme una multa o algo así?

—Supongo que sí podría —contestó Rosa de los Mares—, si no estuviera muerta de hambre. ¡Pasar tanto tiempo metida en un paquete de monos de mar te abre el apetito que no veas!

Terry y yo fuimos retrocediendo hasta que nos topamos con la puerta del ascensor. Mientras Rosa de los Mares se acercaba poco a poco, me llevé una mano a la espalda y busqué a tientas el botón que abría la puerta.

¡Por fin lo encontré! La puerta se abrió y caímos de espaldas en el ascensor.

Rosa de los Mares gruñó de desesperación al ver cómo se le cerraba la puerta en las narices.

—¡Por poco! —exclamó Terry—. ¡Me alegro de que todo se haya acabado!

—¿Estás de guasa? —dije yo mientras bajábamos hacia el laboratorio—. ¡Esto no ha hecho más que empezar!

—¿Y ahora qué hacemos?

—Bueno —dije—, puede que la pregunta te parezca un poco tonta, pero ¿podría la máquina agigantadora de plátanos funcionar al revés?

—Para encogerlos, ¿quieres decir? —preguntó Terry—. Claro. Es tan sencillo como invertir la polaridad... pero ¿de qué nos servirán unos plátanos esmirriados para luchar contra un monstruo marino?

—De nada —le expliqué mientras la puerta del ascensor se abría y entrábamos en el laboratorio—. Porque no vamos a luchar contra un monstruo marino, ¡sino que vamos a encogerlo! Pero tendrás que darte prisa. Tu esposa no tardará en llegar.

—¡No me lo recuerdes! —exclamó Terry, corriendo hacia la máquina agigantadora.

Por el ruido que hacía el ascensor, supe que estaba subiendo hasta la planta principal. Era evidente que Rosa de los Mares lo había llamado y no tardaría en presentarse allá abajo.

—¡La máquina encogedora de monstruos marinos está lista para entrar en acción! —anunció Terry.

—¡Justo a tiempo! —exclamé.

Me acerqué todo lo que fui capaz al ascensor. La puerta se abrió y Rosa de los Mares salió de su interior deslizándose por el suelo.

—¡Aquí estáis! —farfulló con su voz embrollada—. ¡No puedo creer que pensarais que podríais escapar de mí! ¡Qué tontos sois los humanos!

—¡Y tú no eres más que un mono de mar hiperdesarrollado! —le dije para provocarla mientras retrocedía en dirección a la máquina encogedora con la esperanza de que ella me siguiera.

—¡Yo no soy un mono de mar! —chilló Rosa de los Mares mientras se deslizaba hacia mí—. ¡Soy un monstruo marino! Y solo por haber dicho eso, ¡te comeré a ti primero!

—¡De eso nada! —le dije.

—Oh, ya lo creo que sí... —replicó ella, tocándome la punta de la nariz con uno de sus apestosos tentáculos negros.

—¡He dicho que no! —grité, apartándome de un salto—. ¡Ahora, Terry!

Terry disparó la máquina encogedora y le dio de lleno con el rayo.

Rosa de los Mares soltó un aullido y empezó a encoger ante nuestros ojos.

—¡ESTOY ENCOGIENDO! —chilló mientras se iba haciendo cada vez más pequeña.

Instantes después, ya no era más grande —ni más peligrosa— que un caramelo. Allí estaba, tirada en el suelo, despotricando con su vocecilla chillona y ridícula.

—¡Qué pesadilla de mono de mar! —exclamó Terry—. Me parece que la devolveré a la fábrica.

—Vamos a devolverla, desde luego —dije yo—, pero no a la fábrica, sino al mar, de donde nunca debió salir. De hecho, voy a encargarme de eso ahora mismo. A no ser que prefieras hacerlo tú.

—No, no creo que pueda —dijo Terry.

—De acuerdo —contesté.

La cogí con unas pinzas, la dejé caer en el váter y tiré de la cadena con todas mis fuerzas.

Dos veces. Por si acaso.

Cuando salí del baño, Terry se estaba secando una lágrima.

—Imagino cómo debes de sentirte —le dije, rodeándolo con el brazo—, pero intenta ver el lado positivo de todo esto.

—¿Qué lado positivo?

—¡Ya podemos ponernos con el libro!

CAPÍTULO 8

EL GRAN GLOBO

Cogimos el ascensor hasta la planta principal y nos sentamos a la mesa.

—Muy bien —empecé—, ¿por dónde íbamos? Ah, ya me acuerdo... «Érase una vez un». Veamos... Érase una vez un... un... un... ¡échame un cable, Terry! Érase una vez un... ¿un qué?

—Un lo que sea —dijo Terry con un suspiro—. Me da igual. No puedo trabajar. Estoy demasiado depre. Ya sé que Rosa de los Mares era un monstruo marino, pero me gustaba mucho como sirena.

—¿Una nube?... —sugerí—. ¿Qué te parece? ¿Crees que te animaría? Puedo llamar a la máquina dispensadora.

—No... —dijo Terry—. Estoy harto de nubes.

—A lo mejor solo necesitas un cambio —comenté—. ¿Qué tal unas palomitas?

Terry se encogió de hombros.

—Podemos hacerlas con la máquina destapada —sugerí.

Terry volvió a encogerse de hombros.

—Bueno.

Llené la máquina de hacer palomitas con maíz y la encendí.

Esperamos...

Y esperamos...

Y esperamos...

Y justo cuando creíamos que nunca iban a salir las palomitas, ¡empezó la fiesta!

Nos pusimos a botar como locos y a coger todas las palomitas que podíamos con la boca, hasta que ya no nos cabía ni una más.

—¡Ha sido una gran idea, Andy! —exclamó Terry—. Pero ahora tengo una sed tremenda.

—Nos vendría bien un poco de refresco —dije—. Voy a poner la fuente en marcha.

¿He dicho ya que tenemos una fuente de limonada? Pues sí, la tenemos. Es como una fuente normal y corriente, pero en lugar de agua echa limonada y refresco de cualquier sabor que queramos: fresa, naranja, limón, cola o *tutti-frutti* (que es como la mezcla de todos los demás sabores).

Nos quedamos un buen rato en la fuente de limonada. Y cuando digo «un buen rato», quiero decir que seguramente estuvimos allí mucho más tiempo del que deberíamos.

—¡Vaya, perdona! —dijo Terry, tapándose la boca con la mano.

Pero antes de que pudiera contestar me salió un eructo todavía más estruendoso.

—¡No, perdóname tú a mí! —dije.

Terry volvió a eructar, más alto todavía.

—Bueno, desde luego parece que ya estás más animado —comenté.

—Mucho más animado —dijo Terry—. ¡Ahora lo único que necesito es un chicle!

Terry salió de la fuente de limonada, se fue hasta el dispensador de chicle, desenrolló una larga tira y se la metió toda en la boca.

—Mmm... qué rico —farfulló Terry mientras masticaba—. ¡Oye, tengo una idea genial, Andy! ¡Fíjate!

Terry masticó y eructó...

Y masticó y eructó...

Y masticó y eructó...

Y luego volvió a masticar y a eructar...

... hasta que hizo el mayor globo de chicle que yo había visto nunca. Era tan grande que ya ni siquiera veía a Terry.

—¡Basta! —exclamé—. ¡Se está haciendo demasiado grande!

Pero Terry no me oía, ¡porque el globo se había expandido tanto que lo envolvía por completo! ¡Terry estaba encerrado en un globo de chicle que se inflaba con el gas de sus propios eructos!

—¡Oye, esto es una pasada de divertido! —dijo Terry mientras flotaba de aquí para allá en su globo.

—Ten cuidado —le advertí.

—¿Qué puede pasar de malo? —me preguntó.

Y entonces empezó a subir por los aires como un globo de verdad.

—¡SOCORRO! —chilló.

—¡No te preocupes! —le dije a gritos mientras el globo subía flotando hacia las alturas, alejándose cada vez más de la casa en el árbol—. ¡Te salvaré!

Me agarré a la liana más cercana, cogí carrerilla y me propulsé lo más lejos que pude para intentar coger el globo. Estuve a punto de alcanzarlo, pero no lo conseguí. Se me escapó entre los dedos, y Terry siguió flotando a la deriva, cada vez más lejos.

Solo podía hacer una cosa. Cogí mis palos de golf y subí corriendo a la plataforma de observación. Se me ocurrió que aquella era la ocasión perfecta para practicar mi *swing*... y, por supuesto, para intentar reventar el globo de Terry.

Le puse muchas ganas, pero no tuve suerte en mi primer intento...

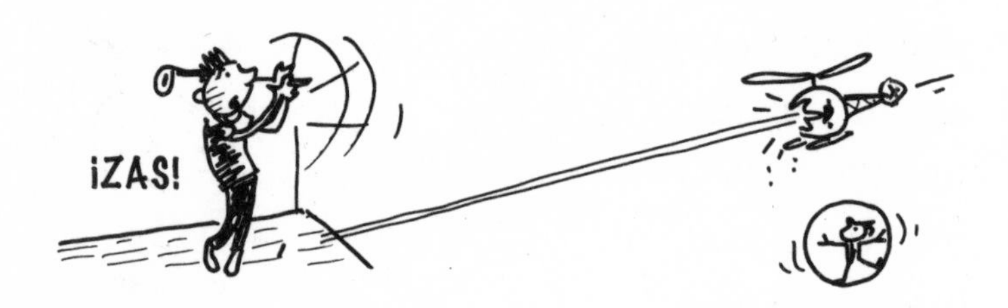

Ni en el segundo...

Ni tampoco en el tercero...

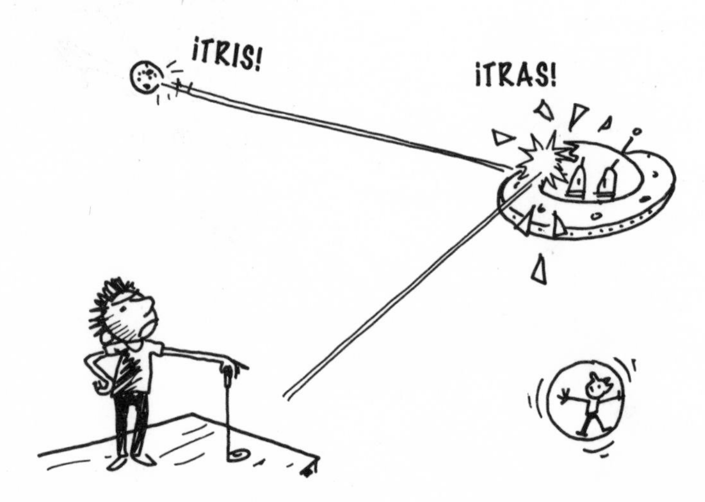

¡Pero mi cuarto disparo dio de lleno en el blanco!

El globo estalló y se deshizo en el aire, lo que por un lado era bueno, y por el otro era malo.

Bueno: porque Terry ya no estaba atrapado en un globo lleno de eructos, pero malo: porque ahora caía en picado desde las alturas, sin paracaídas... y sin... un casco siquiera.

Por suerte, sin embargo, la máquina dispensadora de chuches parecía saber justo lo que tenía que hacer. Empezó a disparar nubes a una velocidad supersónica y, en cuestión de segundos había un cojín gigante de nubes en el suelo, justo debajo de Terry.

Terry aterrizó justo en medio de la pila de nubes y rebotó muchas veces hasta que al fin se detuvo. La verdad es que hasta parecía divertido... Mejor dicho, divertidísimo.

Ayudé a Terry a bajar de la pila de nubes y sacudí el polvo de azúcar que lo cubría.

—¡Es lo más guay que he hecho nunca! —dijo con una sonrisa de oreja a oreja—. ¡Deberías probarlo!

—Lo haría —repliqué—, si no fuera porque tenemos que hacer un libro, ¿recuerdas?

—Ah, sí... —dijo Terry—. Lo había olvidado.

Subimos en el ascensor hasta la planta principal.

Ahora sí que la cosa iba en serio.

Nada de distracciones.

Nada de excusas.

Nada de gatos voladores, ataques de plátanos gigantes, perros ladradores, sirenas de mentira, malvados monstruos marinos, atracones de palomitas, sobredosis de refresco, globos de chicle rellenos de eructos o camas elásticas de nubes...

Íbamos a hacer el libro y punto.

Nos sentamos a la mesa.

—A ver, ¿por dónde íbamos? —pregunté.

—Por «hérase una vez un...», con hache —dijo Terry.

—Muy gracioso —repliqué—. Déjame que piense... Érase una vez un... ¿un qué?

—¡Un dedo! —dijo Terry.

—¿Un dedo? —pregunté.

—¡Eso es! —exclamó Terry—. ¿Por qué no juntamos tu comienzo y mi dibujo? Ya sabes, en plan: «Érase una vez un... dedo». Pero no sería un dedo normal y corriente, ¡sino un superdedo! Como este.

—¡Eso es un disparate! —exclamé.

—Ah... —dijo Terry, alicaído.

—¡Es tan descabellado que hasta puede que funcione! —añadí.

—En ese caso, ¿a qué esperamos? —dijo Terry con una gran sonrisa—. ¡Manos a la obra!

Así que allí estábamos.

Yo escribiendo.

Terry dibujando.

Y la cosa estaba quedando bastante apañada, como podéis comprobar...

CAPÍTULO 9

Hérase
una
vez
un
DEDO.

PERO NO ERA UN DEDO CUALQUIERA...
¡SINO UN
SUPERDEDO!
¡SUPERDEDO ME PODÉIS LLAMAR, Y VOY ALLÍ DONDE SE REQUIERA GRAN HABILIDAD DACTILAR!
SF
¿Qué es eso de ahí arriba?
¿No será una peineta?
¿Un pulgar?
¡No, es SUPER-DEDO!

SUPERDEDO AYUDABA A LOS DESVALIDOS...
¡Córcholis! Nunca podré envolver este dichoso paquete... ¡Ojalá tuviera otro dedo!
YO TE AYUDARÉ CON ESOS «NUDILLOS».
¡Gracias, Superdedo!

SUPERDEDO AYUDABA A LOS DESCARRIADOS...
Es inútil, nunca encontraremos el modo de volver... ¡Estamos demasiado perdidos!
LA SALIDA ES POR AQUÍ.
¡Gracias por ponernos en el buen camino, Superdedo!

SUPERDEDO AYUDABA INCLUSO A QUIENES TENÍAN LA NARIZ TAPONADA.
¡Si tuviera un dedo un poco más largo, podría sacarme de la nariz este tapón de mocos que no me dejan respirar!
¡Ñam!
¡NO TE PREOCUPES, YO TE DESPEJARÉ LA NARIZ EN UN PERIQUETE!
Gracias, Superdedo.

¡TODO EL MUNDO QUERÍA A SUPERDEDO!
SUPERHÉROES PREFERIDOS DEL MUNDO
Superbazo
Meñique, fiel compañero de aventuras de Superdedo
¡Te queremos, Superdedo!
¡A ti también, Meñique!

UN DÍA, SUPERDEDO SOBREVOLABA LA CIUDAD EN BUSCA DE PROBLEMAS QUE REQUIRIERAN GRAN HABILIDAD DACTILAR CUANDO SE TOPÓ CON UN CONCIERTO DE ROCK AL AIRE LIBRE.
VAYA, MENUDO JALEO ESTÁN MONTANDO AHÍ ABAJO. SERÁ MEJOR QUE ME ACERQUE A VER SI ALGUIEN NECESITA QUE LE TAPE LOS OÍDOS.

CUANDO BAJÓ A ECHAR UN VISTAZO, SUPERDEDO SE DIO CUENTA DE QUE SOBRE EL ESCENARIO ESTABA SU GUITARRISTA PREFERIDO, JIMI «HANDRIX».
¡OH, GENIAL, ME ENCANTA JIMI «HANDRIX»! ¡LO SUYO SÍ QUE SON SUPERDEDOS!

PERO SUPERDEDO NO TARDÓ EN COMPRENDER QUE JIMI «HANDRIX» ESTABA EN APUROS. ¡HABÍA EMPEZADO UN SOLO DE GUITARRA TAN ENREVESADO Y ESPECTACULAR QUE LE FALTABAN DEDOS PARA TOCARLO!
Si tuviera un dedo más, este solo de guitarra sería la repanocha.

¡¡HE AQUÍ
UNA MISIÓN PARA
SUPERDEDO!!

SUPERDEDO VOLÓ HASTA EL ESCENARIO Y SE LANZÓ DE CABEZA AL DIAPASÓN DE LA GUITARRA DE JIMI «HANDRIX».
¡DALE FUERTE, JIMI «HANDRIX»! ¡CREO QUE ESTAS SON LAS NOTAS QUE ANDABAS BUSCANDO!
¡Gracias, Superdedo! ¡Es un honor tocar contigo!

¡EL PÚBLICO ENLOQUECIÓ!
¡VAMOS, JIMI!
¡VAMOS, SUPERDEDO!

SUPERDEDO Y JIMI «HANDRIX» SIGUIERON TOCANDO JUNTOS HASTA BIEN ENTRADA LA NOCHE, Y TODO EL MUNDO OPINABA QUE AQUEL HABÍA SIDO EL MEJOR CONCIERTO DE TODOS LOS TIEMPOS.

A LA PANDERETA, MEÑIQUE, FIEL COMPAÑERO DE SUPERDEDO.
¡¡A ti también, Jimi «Handrix»!!
¡Y a ti, Meñique!

CAPÍTULO 10

LA CASA DE LOS MONOS DE 13 PISOS

—Y bien, ¿qué te parece? —pregunté a Terry.

—¡Es genial! —dijo él—. ¡Es la mejor historia que hemos hecho en todo el año!

—Es la única historia que hemos hecho en todo el año —le recordé—. Venga, vamos a escribir la siguiente.

Estábamos a punto de empezar cuando sonó el timbre.

—¡Hola, Terry! —saludó Bill desde abajo—. Tengo otro paquete para ti.

—¡Anda, qué bien! —exclamó Terry—. ¡Serán mis nuevos monos de mar!

—¿Tus nuevos monos de mar? —pregunté.

—Sí —contestó Terry—. He llamado a la empresa que me vendió los monos de mar y les he explicado lo que ha ocurrido. Han dicho que me mandarían otro lote de huevos, y que lo sentían mucho.

—¿Que lo sentían mucho? —repliqué—. ¡Tú sí que vas a sentirlo como te salga otro monstruo marino!

Pero Terry no me escuchaba, porque había salido disparado hacia la puerta.

Esperé un rato, pero no volvió.

Supuse que se habría ido derecho al laboratorio para poner en remojo sus nuevos monos de mar.

Bajé al laboratorio para comprobar si tenía razón y allí estaba, desde luego.

—¡Lo he conseguido! —dijo, levantando un tarro a contraluz.

—¡Estos sí que son monos de mar!

—Felicidades —dije—. ¿Ya estás contento?

Terry se encogió de hombros.

—No mucho, la verdad —contestó Terry—. Los monos de mar no son tan interesantes como creía.

—Olvídalo —dije yo—. Volvamos a lo nuestro.

Poco después estábamos otra vez sentados, a punto de empezar la siguiente historia, cuando oímos un estruendo.

—¿Qué ha sido eso? —preguntó Terry.

—No lo sé —dije yo—, pero creo que ha venido del laboratorio.

Nos levantamos los dos de un salto y corrimos hacia el ascensor.

Cuando se abrió la puerta, nos topamos con una escena de caos absoluto. ¡Había monos por todas partes, y lo estaban poniendo todo patas arriba!

Se columpiaban, saltaban y se perseguían unos a otros por todo el laboratorio. El ruido era ensordecedor.

—¡Oh, no! —exclamó Terry—. ¡Espero que no les haya pasado nada a mis monos de mar!

—¡Los tienes delante de las narices! —chillé, señalando el tarro vacío en el suelo—. ¡Pero no son monos de mar, sino monos, monos! ¡Esos idiotas han vuelto a mandarte los huevos equivocados!

—¡Pero yo odio a los monos! —protestó Terry.

—No tanto como yo —contesté.

—¡Se están metiendo en el ascensor! —exclamó Terry.

—¡Genial! —dije yo—. ¡Ahora se dedicarán a destrozar el resto de la casa en el árbol!

Vimos cómo la puerta se cerraba y el ascensor subía hasta la planta principal sin poder hacer nada por impedirlo.

En lo que tardó en volver a bajar y llevarnos arriba, los monos la habían liado parda en todos y cada uno de los pisos de la casa.

¡Había monos en la pista de bolos!

¡Había monos en el cuarto de baño!

¡Había monos en la piscina!

¡Había monos en la cocina!

¡Había monos en la plataforma de observación!

¡Había monos por todas partes!

—¡Cuidado! —grité.

Un montón de monos se había encaramado a la máquina dispensadora de chuches y nos disparaba nubes a la cabeza.

Al mismo tiempo, otro montón de monos se había colgado de una liana y venía derecho hacia nosotros.

—¡Al suelo! —grité.

Nos agachamos justo a tiempo.

Los monos de la liana chocaron con los monos de la máquina dispensadora de chuches.

Monos, nubes y trocitos de la máquina dispensadora de chuches salieron volando en todas las direcciones.

Pero el tortazo no pareció afectarlos lo más mínimo. Se levantaron como si tal cosa y se dedicaron a bombardearnos con todo lo que pillaban sus pequeñas y sucias zarpas.

—¿Qué vamos a hacer, Andy? —preguntó Terry.

—¡Para empezar, no encargar más monos de mar! —contesté.

—Ya, pero eso será después de librarnos de ellos —dijo Terry.

—¿Atizarles con el plátano gigante? —sugerí—. Lo tienes ahí mismo.

Señalé el plátano, que estaba tirado en el suelo, cerca de Terry.

—Pero antes has dicho que un error no se remedia con otro —señaló Terry.

—¡A no ser que estemos hablando de monos! —puntualicé.

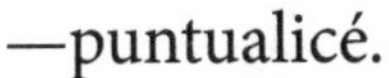

Terry cogió el plátano gigante y, sujetándolo como si fuera un bate de béisbol, empezó a devolver las nubes, bolígrafos, lápices, gomas de borrar, pinceles, pinturas y cacas de mono que nos iban tirando. ¡Luego se lio a platanazos con los propios micos, que iban cayendo del árbol como moscas!

Pero entonces ocurrió algo de lo más extraño. En cuanto Terry los tiraba del árbol, los monos volvían a trepar hasta arriba, pero no para seguir arrasándolo todo a su paso... sino sencillamente para sentarse y contemplarlo fascinados. O, mejor dicho, para contemplar el plátano gigante. Cuantos más monos derribaba Terry a platanazo limpio, más venían a sentarse tranquilamente ante él.

—¿Por qué se quedan ahí plantados como pasmarotes? —preguntó Terry.

—Creo que el plátano los tiene fascinados —dije—. Tú sigue meneándolo despacio de aquí para allá... Me parece que los estás hipnotizando.

Dicho y hecho. Poco después, Terry tenía a toda la colonia de monos bajo el hechizo del plátano gigante.

—¿Y ahora qué hago? —preguntó.

—Llévalos hasta lo alto del árbol —dije— y haz que se suban a la catapulta gigante.

—¡Claro! —exclamó Terry—. ¿Cómo no se me ha ocurrido?

—En realidad, fue idea tuya —le recordé.

Terry había diseñado la catapulta como sistema de eliminación de residuos a distancia, pero tuvimos que dejar de usarlo porque los vecinos no hacían más que quejarse.

Durante un tiempo, la usamos para gastarnos bromas el uno al otro...

Pero últimamente la usábamos sobre todo para deshacernos de los huéspedes indeseados... ¡en este caso, monos!

Seguí a Terry mientras guiaba a los monos hasta lo alto del árbol y lo ayudé a meterlos en la catapulta.

—Será mejor que metas también el plátano gigante —sugerí—, no sea que vuelvan por él.

—Hecho —dijo Terry, atando el plátano a los monos, que seguían en trance.

—Allá vamos —dije yo—. ¡Preparados para el despegue!

Propulsados por el enorme brazo de la catapulta, los monos y el plátano gigante salieron disparados hacia arriba,

muy arriba,

y muy, pero que muy...

lejos...

lejísimos, vamos.

—¡Lo hemos conseguido! —exclamó Terry.

—Sí —dije yo—. ¡Ya podemos acabar el libro!

CAPÍTULO 11

EL GORILA GIGANTE

Pero antes de volver con nuestro libro tuvimos que recoger todo lo que los monos habían destrozado.

Finalmente, después de lo que nos parecieron tropecientos, chorrocientos o incluso mogollocientos años, conseguimos que todo volviera a la normalidad y estábamos listos para ponernos manos a la obra otra vez.

Yo acababa de escribir las palabras «Hérase otra vez un», y Terry estaba volviendo a decirme que había puesto otra vez una hache de más cuando la mesa empezó a temblar.

—¡Para de mover la mesa! —dije.

—Yo no estoy moviendo la mesa —replicó Terry—. Creía que eras tú.

—¡Yo no estoy moviendo la mesa! —exclamé, y en ese momento la casa en el árbol empezó a oscilar de aquí para allá.

—¡Para de sacudir la casa! —dijo Terry.

—Yo no estoy sacudiendo la casa —repliqué—. Creía que eras tú.

—Yo no soy —dijo Terry—. Creo que es ese gorila gigante de ahí abajo.

—Pero ¿por qué iba un gorila gigante a sacudir nuestro árbol? —pregunté.

—No tengo ni idea —dijo Terry—. Ni que fuera una platanera.

—¡Claro! —exclamé—. ¡Eso es! Para el gorila, sí que es una platanera... ¡una platanera gigante!

—¿Eh? —preguntó Terry.

—¿No lo ves? —repliqué—. El plátano gigante que lanzamos con la catapulta habrá aterrizado en una lejana isla tropical...

en la que vive el gorila gigante...

... que habrá encontrado el plátano gigante y se lo habrá comido...

... y le habrá gustado tanto que ha construido un barco con la piel del plátano gigante...

... y con sus narices gigantes ha rastreado el olor del plátano gigante, que lo ha traído hasta aquí...

... y por eso lo tenemos ahí abajo sacudiendo el árbol, convencido de que es una platanera gigante.

—Como teoría, me parece un poquito enrevesada —dijo Terry—. ¿Tantas molestias por un simple plátano?

—Un simple plátano gigante —le recordé—. Con un sabor a plátano no menos gigante.

Justo entonces, oímos el inconfundible rugido de un gorila gigante que ha cruzado el océano a bordo de un barco hecho con la piel de un plátano gigante en busca de más plátanos gigantes.

—Puede que tengas razón —dijo Terry—. Desde luego, eso explicaría qué hace aquí, sacudiendo nuestro árbol. ¿Qué vamos a hacer?

—¡Darle más plátanos gigantes, por supuesto! —contesté.

—¡No podemos! —dijo Terry—. ¡Los monos se han cargado la máquina agigantadora de plátanos!

—¿No puedes arreglarla?

—¡Tal vez, pero tardaría demasiado! —dijo Terry—. ¡La han destrozado por completo!

—¡Pues algo tenemos que hacer! —exclamé—. ¡O nos quedaremos sin casa en el árbol!

—¡PLÁTANO! —gruñía el gorila gigante—. ¡PLÁTANO!

—¡Aquí no hay plátanos! —le dijo Terry a gritos—. ¡Sí que había, pero ya no queda ni uno!

—¡PLÁTANO! —gruñó el gorila a modo de respuesta.

—Es inútil —dije yo—. Creo que no entiende ni una palabra, aparte de «plátano».

Y entonces, justo cuando creíamos que ya lo habíamos visto todo, una larguísima limusina blanca aparcó al pie del árbol y un chófer con un uniforme muy elegante se bajó y llamó al timbre.

—¡Estamos aquí arriba! —le dije a gritos.

—¿Cuál de ustedes es Terry? —preguntó.

—¡Yo! —dijo Terry.

—Pues, verá —empezó el chófer—, me complace informarle de que ha ganado el primer premio del concurso de dibujo «Ladry, el perro ladrador» con su dibujo de Ladry en la playa.

—¡Anda, qué guay! —exclamó Terry—. ¿Cuál es el premio?

—La oportunidad de conocer a Ladry —dijo el chófer.

—¿Cuándo? —preguntó Terry.

—¡Ahora mismo! —contestó el chófer, abriendo la puerta trasera de la limusina.

—¡Esto es genial! —exclamó Terry—. ¡Ladry está aquí! No solo voy a conocerlo, sino que va a salvarnos, ¡a nosotros y a la casa en el árbol!

—¿Y cómo se supone que lo va a hacer, exactamente? —pregunté.

—¡Ladrando, claro está! —contestó Terry.

Como si lo hubiese oído, Ladry se bajó de la limusina y se puso a ladrar al gorila gigante.

Ladró,

y ladró,

y ladró.

Y entonces el gorila gigante levantó uno de sus gigantescos pies y lo pisó.

Nos quedamos mirando al chófer mientras recogía a Ladry con una pala y se lo llevaba a la limusina.

—¿Crees que se pondrá bien? —preguntó Terry.

—Por lo menos sigue ladrando... —dije.

—Ni siquiera he llegado a conocerlo —se lamentó Terry.

Mientras tanto, el gorila había vuelto al ataque y sacudía el árbol con más fuerza todavía.

—Oh, no —dijo Terry—. Ahora sí que estamos apañados. Ni siquiera Ladry podría salvarnos. ¿Qué vamos a hacer?

—Ya podemos ir despidiéndonos de la casa en el árbol —dije—, y pensando en mudarnos a la casa de los monos. Si nos quedamos sin casa, no tendremos dónde vivir ni dónde escribir libros.

—Detesto a los monos —dijo Terry—. Y a los gorilas gigantes.

—¡Ya te vale! —dije yo—. Si no hubieses encargado esos monos de mar ni te hubiese dado por hacer experimentos con plátanos, nada de todo esto habría pasado!

Pero Terry no me escuchaba.

Miraba fijamente al cielo.

—¿No oyes nada? —me preguntó.

—¿Te refieres al sonido de un gorila gigante que trata de echar abajo la casa en el árbol? —pregunté—. ¡Sí, lo oigo perfectamente!

—No —replicó Terry—. Me refiero al sonido de un gato volador. ¡Es Frufrú! ¡Ha vuelto! ¡Y no viene sola!

CAPÍTULO 12

FRUFRÚ AL RESCATE

Miré hacia arriba. ¡Terry tenía razón!

¡Gatos voladores!

Eran unos cuantos... trece, para ser exactos, ¡y Frufrú iba en cabeza!

Volaban en formación y bajaron en picado hacia la casa en el árbol, como aviones de combate.

—¡Lo que nos faltaba! —dije—. Por si no teníamos bastante con un gorila gigante, ¡ahora nos ataca una bandada de gatos voladores!

—¿Cómo sabes que nos están atacando? —preguntó Terry—. A lo mejor también quieren plátanos gigantes.

—¡Los gatos no comen plátanos! —repliqué—. Todo el mundo lo sabe. ¡Además, parecen enfadados, no hambrientos!

—Puede que hayan venido por el gorila —dijo Terry—. ¡Mira qué asustado está!

Razón no le faltaba. El gorila había dejado de sacudir el árbol y miraba a los gatos con el pelo todo erizado. Lanzó un gruñido amenazador, pero los felinos ni se inmutaron. Estaba claro que él era su objetivo.

Terry y yo nos preparamos para asistir al choque de trece gatos voladores y un gorila gigante.

Pero nunca llegamos a verlo.

En el último segundo, los gatos se separaron en dos grupos, pasaron de largo por delante del gorila y subieron hacia las alturas, donde se pusieron a volar en círculos amenazadores.

Fue entonces cuando el gorila empezó a trepar por el árbol.

—¡Aquí arriba no hay plátanos gigantes! —gritó Terry—. ¡Ya te lo hemos dicho!

—No creo que siga buscando plátanos gigantes —dije yo—. Creo que busca una posición más ventajosa para enfrentarse a los gatos.

El gorila trepó...

y siguió trepando...

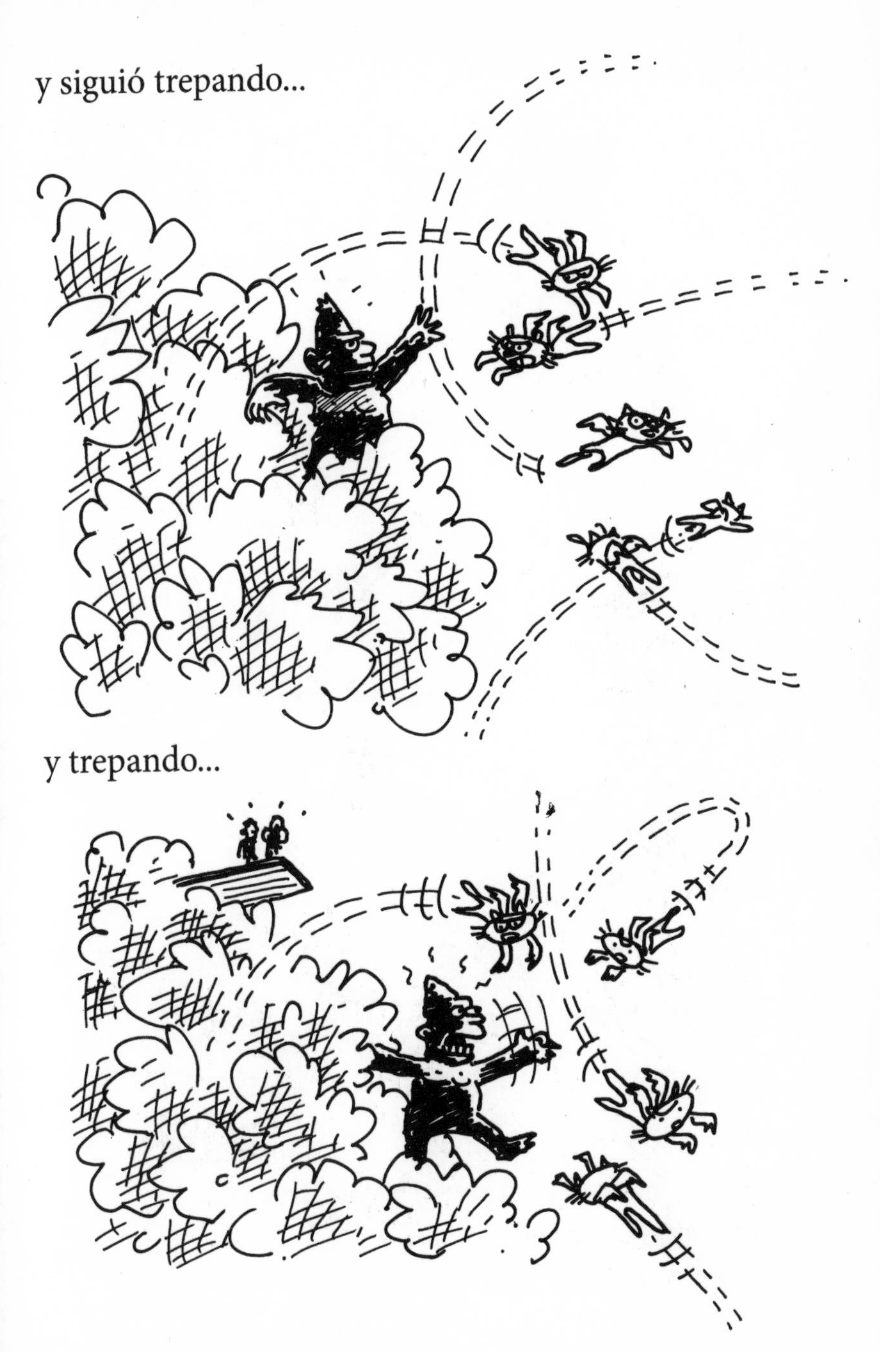

y trepando...

hasta que alcanzó la cima del árbol. Entonces se aporreó el enorme pecho y gruñó a los gatos voladores, que siguieron atacándolo y provocándolo como si tal cosa.

Los gatos se lanzaban en picado...

y el gorila intentaba hacerlos picadillo.

De vez en cuando, el gorila golpeaba a algún gato, que salía disparado y caía al suelo, pero siempre aterrizaba de pie y se reincorporaba a la batalla sin perder un segundo.

Finalmente, los trece feroces gatos voladores se salieron con la suya. El gorila perdió el equilibrio, se cayó del árbol...

y se estrelló en el suelo con un escalofriante cataplum.

Pero los gatos voladores no se dieron por satisfechos. Antes de que el gorila se levantara, bajaron en vuelo rasante, hundieron las zarpas en su grueso pelo y se lo llevaron en volandas.

Plá·ta·no.

—¡Bueno, parece que Frufrú y sus amigos nos han salvado el pellejo! —dijo Terry—. Si no la hubiese convertido en un gato volador, la casa en el árbol habría quedado hecha añicos, ¡de eso estoy seguro!

Estaba a punto de señalar que la casa en el árbol nunca hubiese estado en peligro de no ser por Terry, sus monos de mar y su estúpido plátano gigante, pero justo entonces sonó el timbre.

—Oh, no —dije—. ¡Que no sean más monos de mar! Terry, ¡¿cómo has podido?!

Pero Terry no me contestó. Ya se había ido.

CAPÍTULO 13

FIN

Salí corriendo detrás de Terry, decidido a impedir que incubara otro lote de huevos que podrían poner en peligro la casa en el árbol, por no hablar de nuestras vidas.

Pero no era Bill, el cartero, ¡¡sino Jill!

Jadeaba como si hubiese venido corriendo desde su casa.

—¿Era Frufrú ese gato que he visto —preguntó— echando a volar desde vuestra casa en el árbol con un gorila gigante entre las zarpas?

—Sí —reconoció Terry.

Yo le di un fuerte codazo.

—Lo que Terry ha querido decir es «no».

—Sí, eso es —confirmó Terry—. Quería decir que no.

Jill nos miraba con cara de pocos amigos.

—Estoy segura de que era Frufrú.

—Pero ¿Frufrú no es blanca? —pregunté—. Todos esos gatos eran amarillos. Y volaban. ¿Frufrú sabe volar? No lo ponía en tu cartel.

—Bueno, volar no es algo que haga habitualmente —dijo Jill—, pero uno de esos gatos era Frufrú. Estoy segura. La reconocería en cualquier parte. Y vosotros dos me estáis ocultando algo. Lo noto. Será mejor que desembuchéis... y rapidito.

—Lo siento —dije—, ¡pero no ha sido culpa mía! Ha sido Terry. Él ha pintado a Frufrú de amarillo y la ha convertido en un canario. Bueno, más bien un gatnario... ¡Y se ha ido volando! Lo siento muchísimo, de verdad.

—¿Un... «gatnario»? —dijo Jill despacio—. ¿Terry ha convertido a Frufrú en un «gatnario»?

—Sí, y como te he dicho, yo he intentado impedírselo...

—¡Me alegro de que no lo consiguieras! —exclamó Jill.

—¿Qué? —dije—. ¿No te importa?

—¡Qué va! —contestó Jill—. ¡Es más, me parece fantástico! Hace tiempo que quería tener un canario, pero temía que Frufrú se lo comiera. ¡Tener un gato volador es como tener lo mejor de ambas mascotas! ¡Gracias, Terry!

—De nada —dijo Terry—. Si alguna vez te apetece transformar a otra de tus mascotas, ya sabes dónde encontrarme.

—Gracias —dijo Jill—, me lo voy a pensar, desde luego. Mientras, será mejor que vaya a casa y le ponga un plato de alpiste a Frufrú y sus nuevos amigos.

Después de que Jill se fuera, Terry se puso a dar palmas.

—Bueno, la cosa ha salido bastante bien, ¿no crees?

—Supongo —dije—, a no ser por un pequeño detalle.

—¿Cuál?

—¡TODAVÍA

NO

HEMOS

ESCRITO EL

DICHOSO

LIBRO!

—No hace falta que chilles, Andy —dijo Terry—. Relájate, anda. Todo saldrá bien.

—¿Cómo voy a relajarme, y cómo puedes decir que todo saldrá bien? —repliqué—. Seguimos sin tener el libro listo, y es para mañana. ¿Cómo se nos van a ocurrir todas las historias que faltan en tan poco tiempo, por no hablar de escribirlas e ilustrarlas?

—Fácil —dijo Terry—. No hace falta que se nos ocurra nada. Acabamos de pasar un día realmente interesante. Lo único que tenemos que hacer es ponerlo por escrito, añadir unos cuantos dibujos... ¡y listos!

Sabéis, yo soy mucho más listo que Terry, pero a veces tengo la extraña sensación de que, en el fondo, él es mucho más listo que yo.

—Eso es un disparate —dije.

—Ah... —dijo Terry, alicaído.

—Es tan descabellado —añadí— ¡que hasta puede que funcione!

—Entonces ¿a qué esperamos? —dijo Terry—. ¡Pongámonos manos a la obra!

Y así, nos sentamos a escribir y dibujar...

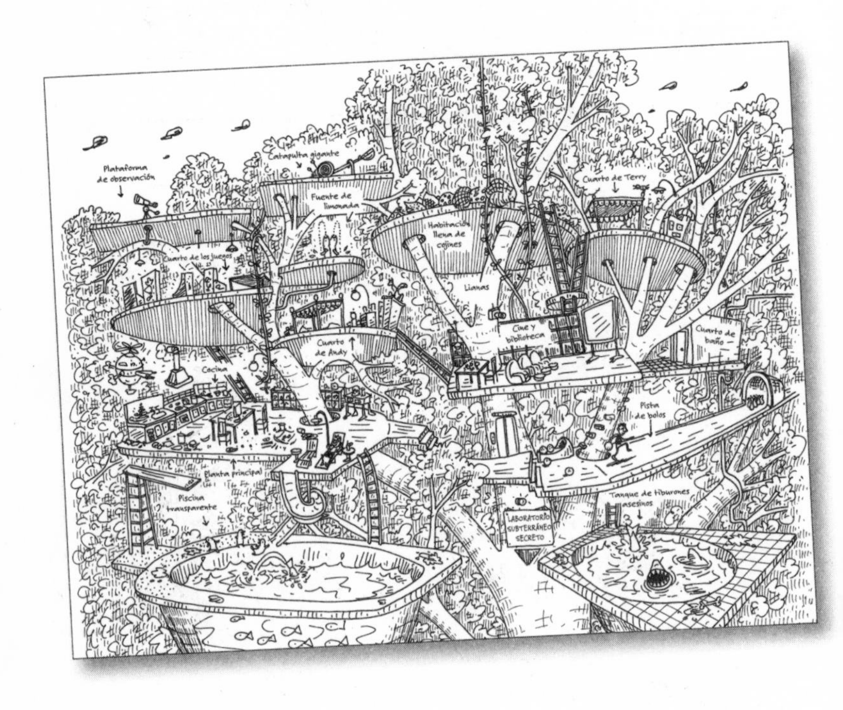

A dibujar...

Intenté explicarle que no se puede transformar un gato en un canario simplemente pintándolo de amarillo, pero él me dijo: «Sí que se puede, ¡fíjate!», y se llevó al gato recién pintado hasta el borde de la plataforma de observación.

—¡No! —grité, al ver que Terry extendía los brazos y... soltaba al gato.

28

Pero no había razón para preocuparse. El gato no cayó al vacío. Le salieron dos pequeñas alas en la espalda, hizo pío y se fue volando.

—¿Lo ves? —dijo Terry, volviéndose hacia mí con aire triunfal—. ¡Te lo he dicho!

29

Y escribir...

CAPÍTULO 3

LA GATA DESAPARECIDA

Vimos cómo el gato... mejor dicho, el canario... quiero decir, el «gatnario»... se alejaba volando hasta desaparecer. Entonces alguien llamó al timbre.

32

Era Jill, nuestra vecina. Vive al otro lado del bosque, en una casa llena de animales. Tiene dos perros, una cabra, tres caballos, cuatro peces de colores, una vaca, seis conejos, dos conejillos de indias, un camello, un burro y una gata.

33

A escribir...

En cuanto Jill se fue, me volví hacia Terry.

—¡Tenemos que encontrar a la gata! —dije.

—¡La ganaria, querrás decir! —replicó él.

—¡Lo que sea! —dije yo—. Hay que encontrarla y punto.

Pero, antes de que empezáramos siquiera a buscarla, sonó el videoteléfono (sí, también tenemos uno de esos cacharros, ¡y además se ve en 3D!).

—Puede que sea Frufrú —dijo Terry.

—No seas tonto —repliqué—. Los gatos no llaman por teléfono.

—Qué sabrás tú... —me soltó Terry—. ¡También decías que no podían transformarse en canarios!

38

CAPÍTULO 4

LA GRAN NARIZOTA ROJA

Volvimos corriendo arriba. Una enorme narizota roja llenaba la pantalla del videoteléfono. Menuda faena. Era el señor Narizotas, nuestro editor. Y estaba cabreado. Lo sé porque su nariz se veía incluso más grande y roja de lo habitual.

39

Y dibujar...

—No —dije yo—, eso no es un plátano. ¡Esto sí que es un plátano!

Cogí el plátano gigante que Terry había fabricado el día anterior y me fui hacia él hecho una furia.

—Baja ese plátano, Andy —suplicó Terry, retrocediendo.

—Lo bajaré —contesté— si reconoces que dibujo mejor que tú.

—Pero no es verdad.

—De acuerdo —dije—, en ese caso lamento informarte que voy a tener que aporrearte la cabeza con este plátano gigante.

60

—¡A no ser que te aporree yo primero! —dijo Terry.

Me arrebató el plátano de las manos y me golpeó con él en la cabeza.

Y entonces se apagaron todas las luces de golpe.

61

A dibujar...

Y escribir...

Me acerqué todo lo que fui capaz al ascensor. La puerta se abrió y Rosa de los Mares salió de su interior deslizándose por el suelo.

—¡Aquí estáis! —farfulló con su voz embrollada—. ¡No puedo creer que pensarais que podríais escapar de mí! ¡Qué tontos sois los humanos!

—¡Y tú no eres más que un mono de mar hiperdesarrollado! —le dije para provocarla mientras retrocedía en dirección a la máquina encogedora con la esperanza de que ella me siguiera.

—¡Yo no soy un mono de mar! —chilló Rosa de los Mares mientras se deslizaba hacia mí—. ¡Soy un monstruo marino! Y solo por haber dicho eso, ¡te comeré a ti primero!

—¡De eso nada! —le dije.

—Oh, ya lo creo que sí... —replicó ella, tocándome la punta de la nariz con uno de sus apestosos tentáculos negros.

122

—¡He dicho que no! —grité, apartándome de un salto—. ¡Ahora, Terry!

Terry disparó la máquina encogedora y le dio de lleno con el rayo.

Rosa de los Mares soltó un aullido y empezó a encoger ante nuestros ojos.

123

A escribir...

Terry volvió a eructar, más alto todavía.

—Bueno, desde luego parece que ya estás más animado —comenté.

—Mucho más animado —dijo Terry—. ¡Ahora lo único que necesito es un chicle!

Terry salió de la fuente de limonada, se fue hasta el dispensador de chicle, desenrolló una larga tira y se la metió toda en la boca.

134

—Mmm... qué rico —farfulló Terry mientras masticaba—. ¡Oye, tengo una idea genial, Andy! ¡Fíjate!

Terry masticó y eructó...

Y masticó y eructó...

135

Y dibujar...

A dibujar...

Y escribir...

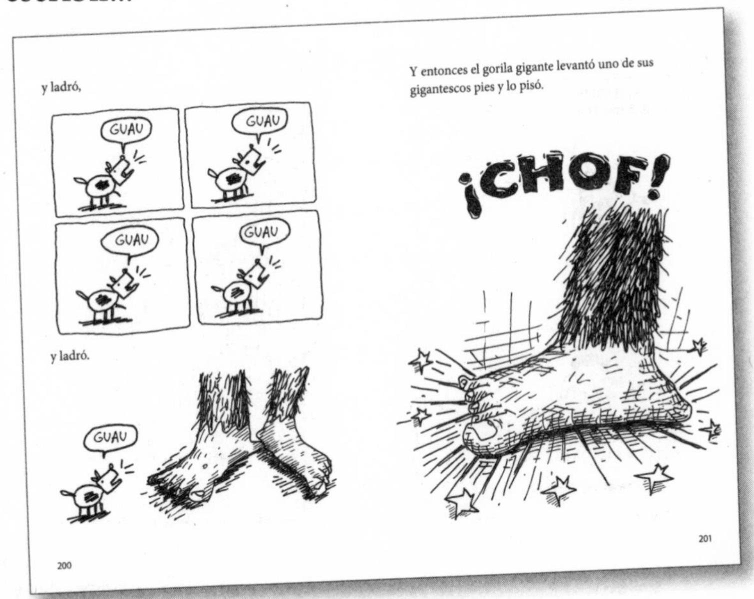

A dibujar...

A dibujar...

Hasta las 16.45 horas del día siguiente.

—¡Lo hemos conseguido! —exclamé.
—Pero son las cinco menos cuarto —dijo Terry—. ¿Cómo nos las arreglaremos para entregar el libro a tiempo al señor Narizotas? El plazo se acaba a las cinco en punto... ¡No llegamos ni en broma!
—Sí que llegamos —dije yo.
—Pero ¿cómo?
—No lo sé —repliqué—, pero ya se nos ocurrirá algo.

234

Y entonces oímos ese sonido.
Un tintineo como de cascabeles.
Terry se levantó de un brinco.
—¡Es Papá Noel! —exclamó—. ¡Deprisa, tenemos que coger los calcetines, colgarlos y hacernos los dormidos!
—Pero si no es Nochebuena —dije yo—. ¡En realidad, ni siquiera es Navidad!
Nos asomamos al borde la plataforma, y esto es lo que vimos:

Hasta las 16.45 horas del día siguiente.

—¡Lo hemos conseguido! —exclamé.

—Pero son las cinco menos cuarto —dijo Terry—. ¿Cómo nos las arreglaremos para entregar el libro a tiempo al señor Narizotas? El plazo se acaba a las cinco en punto... ¡No llegamos ni en broma!

—Sí que llegamos —dije yo.

—Pero ¿cómo?

—No lo sé —repliqué—, pero ya se nos ocurrirá algo.

Y entonces oímos ese sonido.

Un tintineo como de cascabeles.

Terry se levantó de un brinco.

—¡Es Papá Noel! —exclamó—. ¡Deprisa, tenemos que coger los calcetines, colgarlos y hacernos los dormidos!

—Pero si no es Nochebuena —dije yo—. ¡En realidad, ni siquiera es Navidad!

Nos asomamos al borde la plataforma, y esto es lo que vimos:

Jill surcaba el cielo y volaba hacia nosotros en un cochecito tirado por Frufrú y los demás gatos voladores.

—¿Qué os parece mi trineo de gatos voladores? —preguntó, planeando en el aire junto a nosotros—. ¿Queréis venir a dar una vuelta?

—No podemos —contesté—. Estamos muy liados. Tenemos que encontrar el modo de entregarle un libro al señor Narizotas antes de las cinco en punto de la tarde.

—Yo podría llevaros —sugirió Jill—. ¡Estos gatos voladores son muy rápidos! ¡Venga, subid a bordo!

Eso hicimos.

EDITORIAL
NARIZOTAS

Y así fue como conseguimos entregar el libro al señor Narizotas a tiempo...

Y luego él lo publicó...

Y no tardó en llegar a las librerías...

a las bibliotecas...

a los dispositivos de lectura electrónicos...

e incluso directamente a los cerebros de la gente, por medio de sofisticados cascos TTT* de Transmisión Textual Telepática.

* La tecnología de transmisión textual telepática es un sistema de transmisión de textos por vía telepática tan avanzado tecnológicamente que Terry y yo aún no lo hemos inventado.

¡Y luego tú lo leíste
y todos vivimos felices
y comimos perdices!*

* A no ser, claro está, que tu vida se haya ido al garete porque tuviste la mala suerte de probar uno de nuestros prototipos de casco TTT de transmisión textual telepática y se te ha quedado el cerebro hecho papilla.

La casa en el árbol de 13 pisos
El gato Araña
Vaca Vacona
¡Va de broma!
¡Va de incordios!
¡Va de tontos!
¡Va de locos!
¡Va de guarros!
¡Va de pelmas!
Un libro malo
Un libro aún PEOR
¡Va de teatro!
El culosauro
Puzle humano

FIN

Andy Griffiths vive en una casa en el árbol de 13 pisos con su amigo Terry, y entre los dos escriben libros desternillantes como este que ahora tienes en tus manos. Andy pone los textos y Terry los dibujos. Si te pica la curiosidad, no dejes de leerlo.

Terry Denton vive en una casa en el árbol de 13 pisos con su amigo Andy y entre los dos escriben libros desternillantes como este que ahora tienes en tus manos. Terry pone las ilustraciones y Andy los textos. Si te pica la curiosidad, no dejes de leerlo.

SIGUE CON
LAS AVENTURAS
DE ANDY Y TERRY EN...

Andy y Terry viven en una

CASA EN EL ÁRBOL

Su casa solía tener 13 pisos, pero la han ampliado, y ahora tiene 26. En ella hay una pista de autochoques, una rampa para monopatines, una cámara de gravedad cero, una heladería con 78 sabores de helado distintos y el Laberinto Maldito, un laberinto tan grande que nadie que haya entrado en él ha logrado salir jamás... Bueno, por lo menos hasta ahora.

Juntos, Andy y Terry cuentan historias y viven aventuras muy disparatadas. Al fin y al cabo, ¡es IMPOSIBLE ABURRIRSE en una casa en el árbol de 26 pisos!

Andy Griffiths • Terry Denton
LA CASA EN EL ÁRBOL
de 26 pisos
ENTRADA DE EMERGENCIA AL LABORATORIO SUBTERRÁNEO SECRETO
RBA

¡Ya en librerías!

Otros títulos de la colección

Diario de Greg de Jeff Kinney

A Greg Heffley le regalan un diario a los 12 años... y empieza a escribir sus aventuras con la simple intención de darlo a conocer a sus fans cuando sea súper famoso. ¡Desternillante!

#1 Un pringao total
#2 La ley de Rodrick
#3 ¡Esto es el colmo!
#4 Días de perros
#5 La cruda realidad
#6 ¡Atrapados en la nieve!
#7 Buscando plan...
#8 Mala suerte
#9 Carretera y manta
#10 Vieja escuela

Diario de Nikki de Rachel Renée Russell

Cuando contratan al padre de Nikki para fumigar un instituto de alto standing, admiten a su hija como alumna. Así empieza el sinvivir de Nikki en el mundo del pijerío.

#1 Crónicas de una vida muy poco glamurosa
#2 Cuando no eres la reina de la fiesta precisamente
#3 Una estrella del pop muy poco brillante
#4 Una patinadora sobre hielo algo torpe
#5 Una sabelotodo no tan lista
#6 Una rompecorazones no muy afortunada
#7 Una famosa con poco estilo
#8 Érase una vez una princesa algo desafortunada

Nate El Grande de Lincoln Peirce

Nate El Grande es el gamberrete de clase. Piensa que es un genio y se enorgullece de ser el alumno que encabeza el récord de castigos en el colegio... ¡Carcajadas aseguradas!

#1 Único en su clase
#2 Ataca de nuevo
#3 Sobre ruedas
#4 ¡A por todas!
#5 Al revés

Plataforma de observación
Catapulta gigante
Fuente de refresco
Cuarto de los juegos
Cuarto de Andy
Cocina
Planta principal
Piscina transparente